문화감성기행 책
한 권 들고
떠나는
여행

글 · 사진 김차중

책
한 권 들고
떠나는 문화감성기행
여행

초판 발행 2023년 2월 20일

지은이	김차중
발행인	김차중
발행처	도서출판 글촌
출판사업본부장	유주한
마케팅 홍보	김동길
디자인	정희정
일러스트	김채은
인쇄	예원프린팅

신고번호 제2022-00235호
주소 서울특별시 마포구 양화로 133 서교타워 708호
전화 02-325-3726 **팩스** 070-7596-3725
전자우편 원고투고: hanll@naver.com

© 도서출판 글촌, 2022

ISBN 979-11-981313-9-3

책
한 권 들고
떠나는 문화감성기행
여행

글 · 사진 **김차중**

글이
되는
발자국

여행은 사람을 더욱 아름답게 해줍니다. 나는 여행 준비를 할 때마다 스스로 마음이 깨끗이 비워지는 것을 느낍니다. 여행에 관한 이야기를 나누는 표정은 누구라도 행복합니다. 공허했던 마음 한구석이 여행으로 인해 치유되고, 아름다운 기억으로 채워진 이유일 것입니다.

몇 년 전부터 조금 더 가치 있는 여행을 위하여 고민하였습니다. 우리의 문화와 삶을 찾아가는 여행을 하기로 마음먹었습니다. 카메라 렌즈를 닦고, 가벼운 한 권의 노트와 책 한 권을 배낭에 꽂으면 나의 여행은 시작되곤 하였습니다. 사진을 찍고 글을 더하면 비로소 여행이 완성됩니다. 여행을 다녀온 후 글을 쓴다는 것은 한 걸음 한 걸음이 글이 되는 나에게는 마법과 같은 일입니다.

이 책은 우리나라의 고향 같은 곳을 찾아 이야기를 담은 여행 수필집입니다. 그중 일부는 선배 시인들의 흔적을 찾아 쓴 글이며 월간 문예지 『월간 시』에 연재했던 글입니다. 다른 이야기들은 고향 마을 같은 곳을 돌며 그곳에 기억되고 드리운 이야기를 적었습니다.

　기형도 시인의 마을이자 그의 시 〈안개〉의 배경이 된 곳, 이육사 시인의 시 〈절정〉의 탄생지인 서릿발 같은 절벽 안동의 갈선대, 박용래 시인이 누이를 생각하며 울었던 강경의 옥녀봉, 시(詩)가 지켜낸 기차역 황간역, 폐교된 마라도 분교를 찾아간 이야기, 강원도 고성에서 만난 동해의 해무 등 다가서지 않고는 쓸 수 없는 이야기들을 사진과 함께 수록하였습니다.

　저와 여행길을 동행하며 시인의 마을을 둘러보세요. 고향이 간직한 삶의 이야기를 들어보세요.

　문화 감성 여행 수필집 "책 한 권 들고 떠나는 여행"을 선택해주신 독자분들에게 고마움을 전합니다.

문화 감성 여행을 엮으며

김 차 중

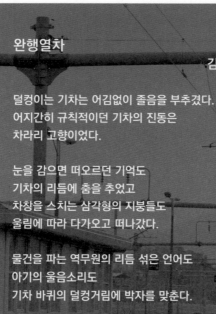

완행열차

김 차 중

덜컹이는 기차는 어김없이 졸음을 부추겼다.
어지간히 규칙적이던 기차의 진동은
차라리 고향이었다.

눈을 감으면 떠오르던 기억도
기차의 리듬에 춤을 추었고
차창을 스치는 삼각형의 지붕들도
울림에 따라 다가오고 떠나갔다.

물건을 파는 역무원의 리듬 섞은 언어도
아기의 울음소리도
기차 바퀴의 덜컹거림에 박자를 맞춘다.

완행열차의 이음 칸에서
얼굴과 가슴을 기차 밖으로 내밀 수 있었다.
견고한 손잡이 덕에 떨어지는 사람은 아무도 없었다.
신발을 반쯤 걸친 청춘들이
신발 한 짝을 떨어뜨렸다는 이야기는
가끔 들었던 적이 있다.

노란 바람이 세상을 누렇게 물들이는 시간
기차의 진동이 도닥도닥 느려지면
무채색 군산역이
덜크덩덜크덩 천천히 다가왔다.

봄

- 시(詩)가 지켜낸 간이역, 황간역
- 몰운대, 작은 섬에서 속삭이는 이야기들
- 파주, 깊은 곳에 숨어있는 이야기
- 박용래 시인의 눈물의 고향 강경, 황톳길을 찾아 오르다
- 경국대전을 편찬한 왕 성종이 잠든 도심 속 왕릉, 선정릉
- 안동, 청포도가 익어가는 원촌마을에서 이육사 부녀를 만나다

시(詩)가 지켜낸 간이역, 황간역

역 앞 자그마한 광장에는 시를 입은 항아리들이 저마다의 몸
짓을 드러낸다. 아담한 화단 안에서 꽃들과 나무들과 어우러져
있고, 담벼락 아래에도 누워있다. 철도 옆 플랫폼에는 누군가를
그리워하는 사람처럼 서 있고, 소가 끄는 달구지 위에 앉아 세상
구경을 하는 항아리도 있다.

고향과 닮은 충북 영동군 황간에 들어왔다. 나의 고향은 아니지만, 고향에 온 듯한 낯익음이 느껴진다. 황간(黃澗)은 물이 채워진 산골짜기라는 뜻이다. 황간면 원촌리에는 이곳에서 은거 생활을 한 조선 유학자 우암 송시열을 기리기 위한 한천정사가 있다. 이곳의 이름난 팔경은 심묘사(深妙寺)의 팔경이라고 칭했는데, 후대에 한천정사의 이름을 인용해서 이곳의 이름난 경치를 한천팔경이라고 칭했다고 한다.

월류봉(月留峯)은 그중 제1경이다. 이슬비 머금은 구름이 드리운 월류봉에 올랐다. 월류봉은 달밤의 정경이 아름다워 '달이 머물다 가는 곳'이라 하여 붙여진 이름이다. 해발 400m 정도의 높지 않은 산이지만 이 산보다 높은 곳이 없어 멀리까지 내다 볼 수 있다. 초강천은 산자락을 휘감고 돌아 나와, 곁에 놓인 철길과 함께 추풍령으로 흘러든다.

달도 머물러 간다는 월류봉

월류봉에서 바라본 한반도 지형과 그 앞을 유유히 흐르는 초강천

황간에서는 물길도 마을이 되어 사람들과 같이 살아가는 것 같다. 마을은 평평하고 산은 나지막하다. 건강하다면 오직 걸음만으로 황간면의 동네들을 모두 둘러볼 수 있을 정도로 걷기에 편한 지형이다.

월류봉을 내려와 황간역으로 들어섰다. 역 앞 광장에 놓인 시가 적힌 항아리들 위로 비가 내린다. 보슬비가 내리는 날 한적한 간이역에 서 있다는 것은 그 자체로 시가 된 느낌이다.

황간역은 전국 문인들의 시가 적힌 시항아리가 전시된 곳으로 유명하다. 이 역은 갈수록 인적이 뜸해지자 2013년도 폐역의 위기에 처한다. 이때 강병규 역장은 황간중학교 졸업생들과 함께 '지역주민과 함께 가꾸는 아름다운 문화영토'라는 운동을 펼친다. 이 운동을 통하여 황간역 지키기에 나선 것이다.

결국 시를 필두로 한 문화의 힘과 고향을 사랑하는 사람들로 인하여 시골의 초라한 간이역을 지켜내는 성과를 이루어 내었다. 하지만 안타깝게도 황간역은 지켰지만, 이 지역 어른들 대부분이 졸업했을 황간중학교는 2019년 폐교가 되고 말았다.

역 앞 자그마한 광장에는 시를 입은 항아리들이 저마다의 몸짓을 드러낸다. 아담한 화단 안에서 꽃들과 나무들과 함께 어우러져 있고, 담벼락 아래에도 누워있다. 철도 옆 플랫폼에는 누군가를 그리워하는 사람처럼 서 있고, 소가 끄는 달구지 위에 앉아 세상 구경을 하는 항아리도 있다.

전시된 항아리 시 중에서 간이역을 배경으로 한 대표적인 세 편

역사 옥상의 시항아리

의 시가 있다. 외갓집을 가기 위해 몸은 황간으로 가는 기차 안에 있지만 가는 발길보다 먼저 도착한 마음, 그 마음보다 느리게 달리는 기차를 재촉하는 시인의 그리움이 담긴 정완영 시인의 〈외갓집 가는 날〉은 이 역을 배경으로 한 대표적인 시이다.

〈완행열차〉에서 허영자 시인은 서둘러 달려가야 할 여정 중에 급행열차를 놓치고 말았다. 그 대신 완행열차를 타고 채 일 분도 되지 않았을 간이역과의 만남을 가진다. 천천히 가는 시간과 추억 같은 모든 것들이 머물렀다 갈 것만 같은 간이역에서, 시인은 인생의 한 가지 기쁨을 이곳에서 가져간다.

황간역에 전시된 시항아리

완 행 열 차

〈외갓집 가는 날〉과 〈완행열차〉가 기차 안에서 간이역을 그리고 바라보며 쓴 시라면, 한성기 시인의 〈역〉은 우두커니 플랫폼에 서서 바라본 1952년의 지독한 고독과 기다림의 공간으로 그려진 시다.

역

이 시가 아주 먼 과거의 이야기일지라도, 황간역에 들어서면 그 모습이 마치 어제의 것처럼 시 속의 풍경이 어렵지 않게 떠오른다. 기차는 지나가기만 하고 나는 서 있기만 한다.

봄비 내리는 날, 사람들의 우산들이 역사 이곳저곳에 비에 젖은 벚꽃 잎처럼 흩날리고 있다. 항아리를 매만지며 좋아하는 시인의 흔적들을 찾은 사람들도 있고, 어쩌면 사라졌을 황간역사의 기억을 들여다보는 사람들도 있다.

하루만큼의 기차가 모두 지나가고, 사람들이 가고, 가로등 불빛이 검은 아스팔트에 빗물처럼 고인다. 항아리에 담긴 시의 낱말들이 광장에서, 역사에서, 철길 옆 플랫폼에서 저마다의 이름을 부른다.

까치 한 마리가 여러 해 동안 쌓아 올린 둥지 속으로 들어간다.

황간역 옥상의 아파트형 까치집

몰운대, 작은 섬에서 속삭이는 이야기들

이름 없는 섬 절벽에 매달린 마른 나뭇가지 위로 바다직박구리 한 마리가 날아든다. 물병에 가져온 따뜻한 커피 한 모금을 마셨더니 이 섬은 바람 속 카페가 된 느낌이다. 직박구리와 나는 한참을 앉았다가 간다. 나는 이곳을 카페섬이라고 부르기로 했다.

정선의 몰운대와 부산의 몰운대

몰운대(沒雲臺)라 일컬어지는 지명은 두 곳이 있다. 한 곳은 강원도 정선군의 소금강을 바라보는 절벽이고 다른 한 곳은 부산의 다대포해수욕장과 다대포항 사이에 자리하여 바다를 향해 있는 절벽이다. 황동규 시인이 지은 〈몰운대행〉은 강원도 정선에 있는 몰운대에 가는 길을 표현한 시이다. '꽃가루 하나가 강물 위로 떨어지는 소리가 엿보이는 그런 고요한 절벽……' (황동규 〈몰운대행〉 일부). 아름답고도 먹먹한 정선의 몰운대를 접고 나의 발길은 부산의 몰운대로 향한다.

평일의 이른 아침, 지하철을 이용하여 다대포해수욕장역에 내렸다. 10여 년 전 이곳을 찾은 적이 있다. 다대포해수욕장은 음식점 몇 군데와 거센 바람에 서핑을 즐기는 사람들만 보이던 곳이었다. 지금은 그 드넓은 백사장이었던 곳이 면적의 반 이상이 공원과 체육 시설로 메꾸어진 상태다. 사람들이 즐길 수 있는 공간으로 조성되어 자주 찾을 수 있다는 점은 유익하지만, 지금보다 두 배도 더 넓었던 다대포의 자연 그대로의 모습을 기대한 내 마음속에는 어쩔 수 없는 공허함이 맴돌다가 간다. 그래도 여전히 뭍으로 강렬하게 불어오는 바람과 파도는 예전과 같았다.

모래 알갱이는 바람에 날리어 사그락사그락 소리를 내면서 뒹굴다 멈춘다. 멈추었다가 또 뒹군다. 백사장 한가운데는 8m 크기의 사람 형상을 한 조형물이 방금 바다에서 걸어 나온 듯이 우뚝 서 있다. 피카소의 그림 같은 조형물이다. 김영원 작가의 〈그림자의 그림자〉라는 작품이다. 고독의 상징처럼 보이는 이 조형물이 내가 느끼고자 했던 속 시원한 황량함을 감상하는 것 같다. 서울 상암동 노을 공원에도 서울 하늘을 바라보며 서 있는 김영원 작가의 같은 듯 다른 모습의 연작으로 제작된 작품이 설치되어 있다.

카페섬

몰운대 방향으로 해변을 지나면 자그마한 섬이 하나 보인다. 데크가 놓여 쉽게 그 작은 섬에 닿을 수 있다. 몰운대가 없었다면 이 섬도 근사한 이름 하나를 얻었을 것이다. 가만히 앉아 파도와 바람을 맞을 수 있는 추억이 되어 줄 수 있는 조금 과장하여 말하면 고향집 만한 작은 섬이다.

이름 없는 섬 절벽에 매달린 마른 나뭇가지 위로 바다직박구리 한마리가 날아든다. 물병에 가져온 따뜻한 커피 한 모금을 마셨더니 이 섬은 바람 속 카페가 된 느낌이다. 직박구리와 나는 한참을 앉았다가 간다. 나는 이곳을 카페섬이라고 부르기로 했다.

김영원 작가의 〈그림자의 그림자〉

몰운대 오르기 전 다가갈 수 있는 카페섬

몰운대 시비

낙동정맥 최남단이라고 적힌 돌 위에 서 있는 몰운대 표지석을 지나 언덕길을 오른다. 몰운대는 그 이름이 처음부터 몰운대가 아니었다. 먼저 지명은 몰운도라는 섬이었는데 낙동강에서 내려오는 흙과 모래가 차곡차곡 쌓여 다대포와 연결되어 육지가 되었고 이름도 몰운대로 바뀌었다. 다대포와 몰운도는 이렇게 연을 맺어 이별할 수 없는 한몸이 되었다.

풍채 좋은 소나무들이 좌우로 높게 뻗어 있고 사이사이로 바다의 빛깔이 훔쳐보듯 반짝인다. 콘크리트로 포장된 길이 있고 길 양옆으로는 산의 흙을 직접 밟을 수 있는 본래의 산길도 나란히 흐른다. 숲은 고요하고, 사람들도 고요하게 지난다. 널따란 테이블을 감싸고 도란도란 모여 앉은 돌의자들이 정겨워 보인다.

정선의 몰운대에는 황동규 시인이 있지만, 부산의 몰운대에는 동

동래부사 이춘원의 시비

래부사 이춘원이 있다. 선조 40년(1607년) 동래의 부사로 재직한 이춘원이 쓴 몰운대라는 시가 있다. 이 시비는 산의 중간쯤 산책로에 설치되어 있다.

동래부사 이 춘 원

호탕한 바람과 파도가 천만리 이어지고
하늘가 몰운대는 흰구름에 묻혔네
새벽바다 돋는 해는 붉은 수레바퀴
언제나 신선이 학을 타고 오는구나

몰운대의 정취가 담백하게 녹아 들어있는 시이다. 낙동정맥 끄트머리 쓸쓸히 머물러 있는 몰운대의 노래이다.

다음번에는 동쪽에서 떠오르는 일출, 붉은 수레바퀴를 꼭 보러 와야겠다.

다대포 객사(다대진 동헌)

객사(客舍)란 고려 조선 시대 관아의 건물로 임금을 상징하는 전패를 모셔 놓고 고을의 수령이 대궐을 향하여 절을 드리는 곳을 말한다. 객사는 중앙 관리나 외국의 사신의 숙소로 사용되었고, 사또가 기거하는 동헌보다 격이 높았다고 하며 왕의 교지를 전하는 장소였다고 한다.

시비를 지나 오르다 보면 커다란 정자가 하나 나타나는데 이 건물이 다대포 객사. 가운데의 본사를 기준으로 좌우에 숙박을 위한 건물이 붙어 있어야 하는데 본사만 남겨져 있다. 완전한 객사의 모습을 갖추고 있는 전주객사와 비교되었다. 또한 객사가 이 외진 곳에 설치되어 있다는 사실이 잘 이해가 가지 않았었는데, 본래 지어져 있던 곳은 지금의 다대초등학교 자리였다고 한다. 1970년에 원형 그대로 이곳으로 이전 복원된 상태다.

그런데 이 객사가 원래는 동헌인데 객사로 오인되었다는 주장이 제기되었다. 이 주장이 받아들여져 2020년 7월에 다대진 동헌으로 명칭이 변경되었다.

객사라 불러야 할지 동원으로 불러야 할지, 매서운 바닷바람이 소나무 숲에 한 번 걸러져 앞마당으로 잔잔한 바람이 불어온다. 팔작지붕 위로 파란 하늘 속 머리칼처럼 구름이 날리는 옛날에서 불어온 듯한 풍경을 사진으로 담아간다.

다대포 객사

몰운대 앞바다

바람길이 보이는 곳, 몰운대 전망대

몰운대에는 대표적인 세 곳이 있는데 정운공 순의비, 몰운대 전망대, 화손대가 유명하다. 길을 따르다 만나는 첫 번째 왼쪽 길의 끝에 임진왜란 당시 이곳에서 전사한 정운 장군 순의비가 있다. 녹도만호 정운은 1592년 이순신 장군이 부산포해전에서 일본 병선 400여 척과 싸워 100여 척을 격파할 때 이순신 장군의 오른쪽 군함의 지휘를 맡은 장수이다. 그는 진영의 선두에서 교전하다가 일본군의 총을 맞고 순국하고 만다.

배우 김명민이 이순신 장군으로 등장한 KBS 대하드라마 〈불멸의 이순신〉에서 정운 장군 역으로 배우 안승훈이 연기하였는데 극중에서 가장 용맹한 성향의 장수로 표현되기도 하였다. 정운 장군 순의비는 군사 보호 시설 지역에 있지만 해가 저물 때까지 드나들 수 있다.

느린 걸음으로 입구에서 40분 정도 걸으면 몰운대 전망대를 만

이순신 장군 군함의 선창터이고 조오련 선수가 대한해협을 건널 때 출발했던 방파제

쥐를 닮은 쥐섬
(네이버 위성사진 발췌)

날 수 있다. 전망대라 하여 무슨 근사한 조망대가 있는 것은 아니다. 절벽 쪽 길의 끝에는 야간에 보초를 서는 참호가 있다. 훈련 시에 이용하는 곳으로 보인다. 이곳이 바다 전망을 바라볼 수 있는 최적의 전망대이다. 이곳에 서면 작은 섬 위의 등대와 눈부시도록 밀려오는 은빛 물결을 볼 수 있다. 바람이 물 위를 스치면 바람의 길이 바다 위에 잠시 보였다가 사라진다. 조그만 어선 위 어부의 그물질이 멈추어 있던 풍경을 깨운다.

오른쪽으로는 바다 방향으로 길게 뻗어 나온 화손대가 한눈에 보인다. 모자를 닮은 모자섬, 등대섬(등대가 있어서 이름을 붙여보았다.), 동섬, 쥐를 닮은 쥐섬이 바람의 길을 따라 파노라마로 펼쳐진다. 절벽 아래로는 자갈로 된 해변이 있는데 그리로 내려갈 수 있는 길이 나서 작은 돌 틈에 스미는 파도 소리를 세세하게 들을 수 있다.

자갈마당에서 바라본 쥐섬과 동호섬

화손대와 정운 장군 이야기

숲길을 통과하여 화손대로 향한다. 몰운대에서 화손대로 가는 길은 경사가 심하고 인적이 드문 곳이므로 조심조심 길을 걸어야 한다. 가는 길에는 산속에서 흘러나오는 물이 모인 인공 웅덩이가 있다. 이곳의 동물들이 마실 수 있도록 인공 옹달샘을 만들어 놓은 것이다. 아침 저녁으로 고라니, 토끼, 다람쥐들이 순서대로 물을 마실 것 같다. 조심스레 길을 걸어 시야가 트인 화손대에 도착하였다. 이곳에서는 가끔 돌고래가 뛰는 모습도 볼 수 있다고 한다. 이 지역에는 다대팔경이라 불리는 경치가 있는데 화손대에 해당하는 풍경은 제5경인 일몰이다.

다대팔경

제1경 아미완월. 아미산 응봉에 걸린 반달

제2경 야망어창. 야망대에 들려오는 나포의 후리소리(고기잡이
          노래)

제3경 두송만취. 두송산 위에 걸린 해 질 무렵의 비취색 하늘

제4경 남림숙하. 폐허가 된 남림 숲 자리의 길잃은 물안개(도시
          개발로 지금은 못 봄)

제5경 화손낙조. 화손대 물길의 만경창파

제6경 삼도귀범. 목도, 서도, 귀도 사이에서 바람을 안고
          귀선하는 돛단배

제7경 몰운관해. 몰운대에서 충신 정운의 큰 뜻을 기리는 일

제8경 팔봉반조. 팔봉산에 비친 저녁노을

다대팔경은 일제 치하에서 주민들에게 애향심을 심어 주기 위해
일제 강점기 때의 다대포실용학교 교장이었던 최기성 선생이 고안
했다고 전해진다.

화손대는 일출과 낙조가 유명하지만 일출과 낙조가 없는 풍경 또
한 아름답기만 하다. 다대포항 방향으로 보면 나무 사이로 보이는
방파제와 섬들이 고요하다. 방파제가 있던 자리가 이순신 함대의 선
창이 있었던 곳이고, 아시아의 물개 조오련 선수가 1980년 대한해
협을 헤엄쳐 건널 때 출발했던 장소이기도 하다. 지금은 이 주변으
로 어선과 무역선들이 천천히 거닐 듯 다대포항에 들고 난다.

섬을 한 바퀴 돌아 몰운대 입구로 나가는 길은 완만한 경사의 내

리막길이다. 오른쪽에 바다를 거느리고 정운 장군의 이야기를 읽으며 천천히 몰운대를 내려간다. 아래의 글은 길 안내판에 쓰인 글귀를 옮겨 적은 것이다.

녹도만호 정운과 화준구미

조선 선조 25년(1592년) 음력 9월 1일 새벽 이순신 장군의 연합함대는 다대포와 부산포를 점령한 왜군함대를 몰아내고 남해의 제해권을 확보하고자 가덕도를 출발하여, 다대포 앞바다 화준구미(화손대와 모자섬 사이의 해협)에 이른다.

전투에 들어가기 앞서 이순신 장군은 지칠 대로 지친 부하 장수를 도저히 출전시킬 수 없다는 이유로 정운 장군의 출전을 만류하였으나 정운 장군은 "장수가 나라를 구하지 못한 상황에서 어찌 전쟁을 회피하겠습니까! 제 한 몸 부서져 물고기 밥이 되더라도 이 전쟁의 끝을 꼭 보고 죽을 것입니다."라고 답하며 출전을 강행하였다.

몰운대 앞바다를 지날 때 정운 장군이 문득 휘하 부관에게 물었다. "여기는 지명이 어찌 되오?" "몰운대라 하옵니다." "몰운대라, 내 이름 정운의 운과 몰운대의 운이 같은 음인 것을 보면 내가 여기서 죽을 것이다."라는 말을 남기고 전투에서 장렬하게 전사하였다.

구름에 섬이 가려 보이지 않아서 붙은 이름이 몰운(沒雲)이라고 하였는데, 정운 장군이 곧 섬이라 한다면 그 운명이 꼭 맞는 것 같다. 죽음이란 여정 중에 잠시 구름이 가린 짧은 시간인지도 모를 일이다.

그 이름만으로 시와 같은, 육지가 되어버린 작은 섬 몰운대, 많은 이야기를 듣고 떠난다.

지나는 동물들이 물을 마실 수 있도록 파놓은 옹달샘

파주, 깊은 곳에 숨어있는 이야기

문산 통일 전망대와 임진각을 지나면 통일대교가 나온다. 그
곳에 이르자 고속도로 요금소와 유사한 모습의 민통선 검문소가
서서히 모습을 드려낸다. 우리는 신분증을 제출하고 물샐틈없는
헌병대의 검문을 통과하여 민통선 안으로 들어섰다.
임진강을 건넌 것이다.

눈 녹는 봄이다. 정오의 햇살 정도만 따듯할 정도의 이른 봄이다. 봄의 첫 여행지는 파주로 정했다. 여행 동지 한 분이 민통선 마을을 안내해 준다는 황금 같은 기회를 놓칠 수 없었기 때문이다. 민간인 통제구역은 생각보다 가까운 한강 하류 행주대교 부근 한강 양쪽 유역의 철책선부터 시작된다. 그 이유로 자유로를 타고 파주로 향하는 길 왼쪽은 모두 철책선으로 이어진다. 한강 유역의 철책선을 철거한다고 보도된 지가 몇 년이 흘렀는데 아직 눈에 띄는 공사는 이뤄지지 않고 있다.

민통선 안에서의 숙박은 절차가 쉽지 않아 파주 법원리 초리골의 한 펜션을 이용하는 계획으로 여행을 시작했다. 법원리는 파주의 중심에서 동북쪽에 위치한다. 법원이라는 지명은 법의마을과 원기마을 이름이 조합된 이름이고 고씨(高氏), 목씨(睦氏), 민씨(閔氏)의 세 가문이 살았던 고장으로 삼성대라고도 불렸던 곳이다.

요리전문가 김 교수 부부를 노량진 수산시장에서 만났다. 수산물이 모두 싱싱하여 고를 것도 없이 문어, 주꾸미, 동조개(동죽) 등을 사 들고 파주로 향했다. 고요한 아침의 법원리 읍내를 지나서 초리골에 있는 숙소에 들어섰다. 숙소 이용 시간은 보통 오후 두 시부터 사용할 수 있는데, 펜션 주인의 배려로 오전부터 숙소를 이용할 수 있었다.

법원리 초리골 마을은 산 깊은 곳으로 드는 길에 있다. 해발 450m의 비학산에 오르는 길 입구이다. 비학산은 1968년 30명의 김신조 부대가 청와대를 습격하는 침투로로 삼을 만큼 인적이 뜸한 곳이다. 양쪽 산맥이 계곡을 이루었고 바람이 산 방향으로 시원스

초리골 호수 앞 방갈로

럽게 오른다.

　이렇게 수려한 자연의 품에 와서 방에서만 지내는 것만으로는 여행의 욕구를 채울 수 없겠다는 생각에 잔디밭에 캠핑용 대형 텐트를 설치하였다. 길이만 7m에 이르는 거실형 텐트는 거센 바람 탓에 30분이 지나서야 완성되었다. 캠핑 경험이 없다는 김 교수 부부의 얼굴에는 캠핑 맛보기 체험의 설렘이 가득 서려 있다.

　텐트가 설치되고 난 후, 섬 여행 전문가인 이 작가가 도착하였다. 맑은 날씨에 아직은 스산한 봄빛 속에서, 봄을 다 가져가고자 하는 한껏 여유로운 발걸음으로 등장한다. 우리는 서로 격한 인사를 나누고 초계 국수의 원조집이라고 불리는 식당으로 향했다.

　1인당의 식사비만 건네주면 초계탕과 막국수를 무제한으로 먹을 수 있다. 처음에 기름기를 대부분 제거한 닭날개가 나오는데, 반쯤 건조된 듯 볼품없어 보이지만 그 맛이 담백하고 깔끔하다. 메밀전도 무제한이다. 메밀전은 손님들이 접시를 들고 줄을 설 정도로 인기가 좋다고 한다.

우리가 음식을 먹는 모습이 서툴러 보였을까? 식당 사장의 큰아들쯤으로 보이는 매니저가 초계탕 먹는 방법을 차근차근 알려주고 간다. 차가운 초계탕과 더 차가운 국수를 먹었더니 속이 얼얼해졌다. 처음 먹어보는 음식의 맛과 먹는 방식이 익숙하지 않았지만 별탈이 없는 것으로 보아 국적은 분명 토종 음식이다.

숙소로 돌아와 텐트 안에서 나는 동행자들을 위한 커피를 준비했다. 믹스커피에 원두커피를 조금 넣으니 커피의 향이 풍부하게 살아난다. 김 교수가 즐긴다는 커피 레시피였다. 텐트를 덜덜 떨리게 하는 차가운 바람이 커피의 향을 진하게 해주었다. 커피잔을 더욱 따뜻하게 해주었다.

공인중개사인 윤 대표의 차량이 덜커덩거리며 설레는 모습으로 주차장에 들어섰다. 말끔히 닦인 차에서 정장 차림을 한 모습으로 문을 열고 내린다. 업무를 마치고 바로 온 모양이다. 베트남 음식에 자주 들어가는 채소인 고수가 담긴 검은 비닐봉투를 흔드는 것으로 반가운 인사를 대신한다. 그는 매 끼니에 고수가 없으면 입맛이 심심하다고 하는 고수 중독자다.

이번 여행 일정은 윤 대표의 계획하에 진행된다. 그가 초계탕집 식사에 참석하지는 않았지만, 식사 장소 역시 그가 미리 계획한 것이었다. 지금부터 민통선 안으로 들어가 통일촌, 허준 선생 묘, 고구려 시대의 유적인 덕진산성을 둘러보고 돌아올 예정이다.

윤 대표는 민통선 안에서 수년 전부터 농사를 짓고 있을 뿐만 아

비무장지대 생태이야기 덕진산성 편

니라 민통선 안의 토지 중개를 전문으로 하는 공인중개사사무소를 운영한다. 그런 이유로 차량용 내비게이션에 나타나지 않는 곳도 속속들이 알 만큼 그곳의 지리에 훤하다.

우리는 윤 대표의 차를 타고 파주 민통선 검문소로 향했다. 문산 통일 전망대와 임진각을 지나면 통일대교가 나온다. 그곳에 이르자 고속도로 요금소와 유사한 모습의 민통선 검문소가 서서히 모습을 드러낸다. 우리는 신분증을 제출하고 물샐틈없는 헌병대의 검문을 통과하여 민통선 안으로 들어섰다. 임진강을 건넌 것이다.

파주 민통선 안에는 세 곳의 민간인이 거주하는 마을이 있다. 첫 번째 마을은 대성동마을이다. 정전협정 중 '정전협정이 조인될 시점 비무장지대 내에 거주하고 있는 주민들은 계속 거주할 수 있다.' 는 법률에 따라 1953년 7월 대성동 주민 60세대 160명이 자유의 마을에서 거주를 유지하게 된다. 두 번째 민통선 마을은 해마루촌인데, 1998년 국방부가 6.25 전쟁 중 장단에서 피난 나갔던 60가구에 대하여 진동면 동파리 마을에 입주를 허용했다. 2001년 5월부터 입주가 시작되어 지금에 이르고 있다. 세 번째 마을인 통일촌은 1970년대 초 황무지로 방치된 땅을 개간하여 식량을 생산하기 위해 조성된 마을이다. 이 마을은 이스라엘의 전략촌인 '키부츠'를 모델로 하여 조성했다고 한다.

우리는 통일촌으로 향하였다. 100가구는 되어 보이는 작지 않은 마을이다. 사람들에게는 장단콩 마을로 더 잘 알려진 마을이다. 이곳에는 40여 명의 재학생이 다니는 초등학교가 있다. 군내초등학교다. 학교의 토지 일부가 사유지여서 임대료 등 운영비의 문제로 폐교 위기에 처했었다. 그러나 다행스럽게도 이곳 주민들의 헌신과 애착으로 학교를 지켜낼 수 있었다. 1911년에 개교하여 일제 강점기와 전쟁통에서 맥을 이어온 학교는 역사의 산물로 자랑스럽게 유지되고 있고, 아이들이 배우고 뛰어놀 수 있는 학교를 지켜낸 주민들이 사는 민통선 마을이 평화롭고 아늑하게 느껴진다.

군내초등학교

마을의 박물관과 소담한 카페가 멀찌가니 보였지만 계획대로 들 를 곳도 허락된 시간 안에 다 못 볼 수 있다는 윤 대표의 재촉에 박물관과 카페 구경은 생략하기로 하였다.

　잘 닦인 도로와 비포장길을 오가며 구암 허준 선생의 묘소로 달렸다. 아직 메말라 있는 나무와 들판에 잔잔한 햇살이 비춘다. 참새들만이 떼지어 날아다닐 뿐 인적 없는 고요한 벌판이다. 군사 구역이라 하기가 무색할 정도로 아늑하고 아름답다.

　산자락이 시작되는 지점에 허준 선생 묘의 입구라고 표시되어있다. 묘지까지 이르는 300여 미터의 길은 차로는 들어갈 수 없도록 산책로로 조성되어 있다. 배우 전광렬 씨가 주연한 드라마 〈허준〉을 간간이 떠올리며 허준 선생을 만나러 간다.

　기와집 한 채가 보이고 그 위로 세 기의 봉분이 나타난다. 기와집은 제사를 지내기 위해 지은 제실이다. 지어진 지는 오래되지 않아 보이지만 제법 고풍스러운 모습이다. 주변 풍경과 어우러지도록 소박하게 앉아 있다. 제실은 묘지를 향하는 방향이 약간 틀어져 있는데 이 또한 자연 지형과 어울릴 수 있도록 건축한 것으로 보인다. 세 기의 봉분 중 위의 것은 어머니의 묘이고 아래서 보았을 때 왼쪽이

허준 선생 묘지 가는 길

허준 선생 묘지 입구의 안내판

허준 선생 가족묘의 재실　　　　　　　　　　　　　허준 선생 가족의 봉분

허준 선생 묘, 오른쪽이 아내 안동 김씨의 묘다. 허준 선생이 혼외 출생자인 이유로 아버지 묘는 같은 자리에 없는 것 같았다.

　허준 선생의 묘는 '양천 허씨 족보'에 기록된 묘지의 위치를 근거로 1991년에 발견되었다. 다행스럽게도 발견된 묘비석에 비문이 남아 있어 찾을 수 있었다고 한다. 2004년 추가 발굴 작업에서 선생 후손의 묘가 발견되었다. 외로운 곳이라는 느낌을 떨칠 수가 없는 곳인데, 오랜 시간 동안 그의 후손들이 자주 보살폈을 것이라 짐

허준 선생 재실 앞에 핀 진달래꽃

작되었다. 제실 앞뜰에는 잎보다 먼저 피는 황금빛 산수유꽃과 분홍
빛 진달래꽃이 어울려 이 외딴곳의 외로움을 달래주고 있다. 세 분
의 묘 앞에서 고개를 숙이며 인사를 하고 돌아섰다. 어느새 나무들
사이로 따뜻한 온기가 드리운다. 우리는 산속 어딘가 진을 치고 뻗
어 있을 덕진산성으로 발길을 옮겼다.

한국전쟁 당시 장단군청에 보유하고 있던 토지대장과 지적도 그
리고 개성등기소에 보관되었던 등기부가 모두 소실된 사건이 있었
다. 국가는 소유주를 바로 찾기 위해서 1982년에 부동산에 관한 특
별조치법을 제정하였는데 어떤 한 사람이 이 법을 악용하여 덕진산

덕진산성 정상 부근

덕진산성 내측 터

성을 개인 명의로 등기 이전을 해버렸다. 그곳이 고향이었던 한 주민이 그의 악행을 알아채고 파주시청에 신고하였다. 그 후 파주시청은 사건을 파악하고 2001년 소송을 통하여 덕진산성을 포함한 임야 약 삼만이천 평을 국유지로 환수하였다. 고구려의 산성이 개인 소유가 될 뻔할 아찔한 사건이었다. 이 이야기는 그 당시 파주시장이었던 송달용 전 파주시장의 회고록에 자세히 기록되어 있다.

한참을 비포장 언덕길을 올라 고갯마루에 멈추었다. 말끔했던 윤 대표의 차는 이미 흙먼지로 뒤덮인 상태였다. 어느 몰지각한 개인의 뒷동산이 될 뻔했던 덕진산성에 이르렀다.

덕진산성은 고구려 당시 축조된 것으로 추정되는 산성이다. 통일신라와 조선을 거쳐 가깝게는 한국전쟁에서도 군영으로 사용되었을 만큼 지리적으로 전략적인 요충지였다. 산성은 내성과 외성으로 나뉘어져 있는데 내성은 최고봉인 해발 65m 봉우리를 중심으로 산

간담을 서늘케 했던 덕진산성 유적 발굴 현장 앞 접근금지 표시

덕진산성에서 본 임진강과 초평도   덕진산성길 임진강과 초평도를 바라보는 의자

주위를 따라 돈다.

이곳은 1953년 이후 출입을 통제했고 2000년대 후반에 개방되었다. 산성 입구부터 발굴조사단의 발굴이 진행되고 있었다. '접근금지'라는 팻말에 화들짝 놀랐지만 멀리 있는 그들에게 들어가도 되겠냐는 손짓을 보내니 다행히 우리를 별 위험이 없어 보이는 사람들로 보았는지, 기꺼이 '접근금지' 팻말을 넘어서 들어오라는 듯한 동작으로 손을 흔들어준다. 어느 소중한 유적들이 나의 발길 아래서 잠들어 있을지 모른다고 생각하니 발걸음이 더욱 조심스러웠다.

산성은 비교적 낮은 곳에 구축되어 있지만, 한쪽은 임진강과 평야 지대가 펼쳐져 있고 주변에 높은 산이 없어 넓은 시야를 확보할 수 있는 요새이다. 먼 곳까지 적의 침입을 지켜볼 수 있는 조망이 우수한 곳임을 단번에 느낄 수 있었다.

원형의 성벽 길을 걷다가 쉬어갈 곳을 찾으려고 둘러보니 두 개의 벤치가 놓여있다. 그곳에 앉으면 임진강과 초평도를 바라보며 쉴 수 있는 곳이다. 살며시 와닿는 바람을 맞으며 긴 시간 동안 명상에 잠겼다가 일어선다.

임진강을 사이에 둔 길고 넓은 모래사장과 한강의 밤섬처럼 강물에 솟은 초평도는 사람의 손에 개발되지 않은 자연 그대로의 모습이다. 해가 뉘엿뉘엿 임진강으로 내려앉고 있다. 금색과 은색의 물빛이 춤을 춘다.

어두워지기 전에 다시 민통선을 빠져나가야 한다. 그런 이유로 그저 아름다울 것만 같은 일몰을 볼 수 없는 아쉬움을 안고 떠난다. 우리는 발걸음을 차에 싣고 길가의 틈새마다 설치되어 있는 '지뢰 주의' 팻말 사이를 뚫고 비포장 산길을 달리며 파주로 향했다.

군사지역에 대한 압박감이 있었던 것일까? 신분증을 찾고 검문소를 통과하자마자 나도 모르게 경직되었던 몸의 긴장이 풀어짐을 느꼈다. 우리는 읍내에서 간단한 먹을거리를 사서 숙소에 들었다. 여행하기 어려운 곳을 가보았고 몰랐던 역사를 알게 되었다. 몸과 머리가 즐겁게 지친 하루였다. 우리는 사 들고 온 재료로 음식을 만들어 먹고, 텐트에 내려가 밀린 이야기를 풀어낸 후 방으로 들어갔다.

나는 특히 깊은 산속에서는 잠이 많지 않다. 신선한 공기가 몸의 피로를 빠르게 해소해 주고 또한 에너지가 되어 주는 것 같다. 새벽 찬바람에 문을 열고 마당으로 나섰다. 새소리가 상쾌한 바람을 타고 온 골짜기에 울려 퍼진다. 보통 이런 곳은 아주 시끄러운 수탉이 울기 마련인데 닭을 키우는 집이 없는 것 같았다. 마당으로 내려가 어제 설치한 텐트 옆에 비박용 텐트를 설치하였다. 한 사람 한 사람 잠에서 깨어 밖으로 나온다. 김 교수는 복잡한 거실형 텐트보다 설치가 쉬운 비박용 텐트가 마음에 들어 하는 표정이다. 남편에게 의

견을 건넨다.

"저 텐트는 간편하고 좋아 보이네, 우리도 저거 사서 캠핑 좀 배워봅시다!"

올해는 부부가 첫 캠핑에 나설 모양이다.

해물칼국수로 아침 식사를 하고 다음 여행 계획을 세웠다. 다시 텐트 안에 모여앉아 차를 나누고 짐 정리를 마친 후 숙소를 나섰다.

"여기 괜찮은 카페가 있는데 차 한 잔 들고 가시죠!"

이 작가의 제안이었다. 방금 차를 마시며 이야기를 나누고 나왔지만, 단번에 헤어지기 아쉬운 마음 때문에 모두가 차 한 잔 마시고 가자는 동의에 주저하지 않는다.

우리는 연못을 끌어안고 지어진 한적한 카페에 들어섰다. 급조된 마지막 여행코스다. 인공호수와 산수유, 벚나무가 심어져있고, 원형으로 된 카페 내부는 아프리카에서 가져다 놓은 듯한 물건들이 가득 전시되어있다. 밖은 산책길로 조성되어 있다. 호수 전망으로 전면 유리창으로 된 숙소도 운영하고 있었다. 바닷가 펜션 스타일이다. 야외정원, 경치를 구경하기 가장 좋은 테이블에서 찻잔을 부딪치고 어제의 이야기를 다시 꺼낸다.

따뜻한 봄바람이 파라솔을 들썩거린다.

우리는 각자의 길로 향했다. 섬 여행 전문가 이 작가는 비학산에 오르겠다며 산길로 향했다.

박용래 시인의 눈물의 고향 강경,
황톳길을 찾아 오르다

예전에는 서해부터 지금의 강경시장까지 배가 들어와 서해
최대의 수산물 시장을 이루었던 곳이다. 금강의 본류와 지류가
만나는 지형적인 조건으로 곡창지대가 형성되었고, 농산물과 수
산물의 풍요로움이 가져다준 풍류와 미소가 지금도 마을 곳곳에
스며있는 듯하다.

박용래 시인은 1925년 충남 강경에서 3남 1녀 막내로 태어났다. 어머니가 너무나 늦은 나이에 그를 낳았기 때문에 그는 열 살 터울 누나의 손길 아래에서 자랐다. 그는 어렸을 적부터 공부도 잘하고 적극적인 성격이었다고 한다. 통솔력도 강하고 운동부 선수였던 그가 성격이 완전히 뒤바뀐 것은 그를 키우다시피 한 누나가 강 건넌 마을로 시집을 가면서부터였다. 고등학교 2학년 여름, 누나가 아이를 출산하다가 사망했다는 소식을 들으면서 박용래는 하늘이 무너져 내리는 것 같은 충격을 받았다. 누이가 어렸을 적부터 그를 업어 키우던 어머니와 같은 존재였기 때문에 어린 박용래에게 거세게 닥친 슬픔은 이루 말할 수 없었다.

이문구 소설가는 '박용래 시인의 눈물'에 대해 이렇게 기억한다.

"모든 아름다운 것들은 언제나 그의 눈물을 불렀지. 갸륵한 것, 어여쁜 것, 소박한 것, 조촐한 것, 조용한 것……."

"워낙 정이 많은 양반이기도 하지만 죽은 누나를 생각하기만 하면 그렇게 눈물이 난다더구면. 누나가 돌아간 뒤 두어 해 동안 너무 많은 눈물을 흘려 이젠 더 나올 눈물이 없겠거니 했는데 평생 잘도 쏟아져 나오더라고. 그 양반, 한 직장에 오래 배겨 있지 못한 것도 그놈의 눈물 탓이야. 은행이고 학교고 늘 사람들과 마주해야 하는 직업인데 허구한 날 그렇게 눈물만 흘리고 있으니 일이 되겠어? 그러니 시 쓰는 일만이 제격일 수밖에."

박용래 시인은 사랑스러운 것들을 만날 적마다 눈시울을 붉히지 않은 때가 없었다고 한다. 시도 때도 없이 그를 붙잡고 있는 누이의 죽음이 그를 슬프게 하였고 시인의 길을 선택하게 한 것 같다고 이

문구는 말하였다.

박용래 시인이 걸었던 길을 찾아 서울에서 자동차로 두 시간 거리에 있는 강경으로 간다.

충남 논산군 강경읍은 금강이 굽어 흐르면서 만드는 곡선 중에 가장 깊은 곳에 터를 잡은 마을이다. 예전에는 서해부터 지금의 강경시장까지 배가 들어와 서해 최대의 수산물 시장을 이루었던 곳이다. 금강의 본류와 지류가 만나는 지형적인 조건으로 곡창지대가 형성되었고, 농산물과 수산물의 풍요로움이 가져다준 풍류와 미소가 지금도 마을 곳곳에 스며있는 듯하다. 고요히 머물러 있는 강경 마을로 들어섰다. 옛 영화를 간직하듯 젓갈 상회 간판은 빛바래져 걸려있고, 적산가옥과 근대의 가옥들은 과거를 걷는 느낌을 준다.

박용래 시인이 강경상고를 떠난지 80여 년이 지난 지금 그 학교를 찾았다. 교정을 지키고 서 있는 "成實"이라는 큰 바위에 새긴 교훈이 이곳 학생들의 성품을 말해 주는 것 같다. 길가와는 다르게 교정의 건물들은 대부분이 개보수되거나 신축되어 세월의 흔적을 찾을 수 없었다.

강경읍 시가지

고향의 모습을 간직한 옛 강경의 중심가

1931년 지어진 강경상고 교정에 있는 관사로 쓰이던 건물

  박용래 시인의 시비를 찾던 중 다행스럽게도 옛 건물 하나가 눈
에 들어왔다. 지금은 사용이 되지 않고 있는 관사로 쓰인 건물이다.
문화재로 지정된 일제 강점기에 지어진 일본식 건축물로 1931년에
만들어졌다고 한다. 박용래 시인도 이곳을 지날 때 관사 앞마당에
서 계신 교장 선생님과 인사 몇 번은 나누었을 것 같다.

  학교 본관 건물 왼편에 박용래 시인의 시비가 있다. 〈점묘(點描)〉
라는 시가 새겨 있는데 시어들이 푸슷푸슷 튀는 것 같고 도리깨 보
리바심(보리타작)에 날아오르는 것처럼 느껴진다.

  보리타작은 장마가 시작하기 전 초여름에 행한다. 보리타작이 끝
나면 타작한 보리 일부를 불에 태워 풍년을 기원하는 의식을 치른
다. 석양 노을에 나부끼는 구름이 붉은 실처럼 풀어지고, 붉은 해가
연기 속에서 풀린다. 추임새 돋우듯 뻐꾸기 소리가 일꾼처럼 허드

박용래의 시 〈점묘〉 시비

점 묘 (點 描)

박 용 래

싸리울 밖 지는 해가 올올이 풀리고 있었다.

보리바심 끝마당

허드렛군이 모여

허드렛불을 지르고 있었다.

푸슷푸슷 튀는 연기 속에

지는 해가 이중으로 풀리고 있었다

허드레,

허드레로 우는 뻐꾸기 소리

징소리

도리깨꼭지에 지는 해가 또 하나 올올이 풀리고 있었다.

강경교회 십자가

1918년 부터 사용된 강경교회

레 울어 대고 의식을 마치는 징 소리에 도리깨꼭지에 걸린 해가 도리깨 자락으로 또 풀어지며 태양도 하나의 점이 된다. 보리타작 소리, 뻐꾸기 소리, 징 소리까지도 모두 점으로 마침내 조화롭게 혼합된다. 시인은 이 장면을 점묘라는 제목으로 한 폭의 풍경화처럼 시로 표현했다.

┌─────────────┐
│ 저 │ 녁 │ 눈 │
└─────────────┘

박용래

늦은 저녁때 오는 눈발은 말집 호롱불 밑에 붐비다

늦은 저녁때 오는 눈발은 조랑말 발굽 밑에 붐비다

늦은 저녁때 오는 눈발은 여물 써는 소리에 붐비다

늦은 저녁때 오는 눈발은 변두리 빈터만 다니며 붐비다.

박범신 작가의 소설 『소금』에 등장하는 소금집

박용래 시인의 대표적인 시 〈저녁눈〉은 여리고 소박한 시인의 성품이 드러나는 시이다. 박용래의 눈에 비친 하얀 눈은 어두운 곳, 낮은 곳, 변두리 서민들이 사는 곳에서 더욱 짙은 하얀색으로 내린다.

박용래 시인의 시는 토속적이고 점점 사라져가는 풍경과 소소한 것들로 이루어진 시어들로 채워져 기억 깊숙이 박혀 있는 고향의 시절을 떠올리게 해준다.

강경상고 부근에는 초등학교, 중학교, 고등학교가 중심도로 양쪽으로 터를 잡았다. 하교 시간이면 각각의 학교에서 나오는 학생들의 즐거운 소란들이 지금은 텅 빈 이 거리에 가득 할 것이다.

봉화가 피어오르던 옥녀봉으로 발걸음을 옮겼다. 길 아래부터 봉수대까지는 나지막한 언덕으로 이어진 길이다. 지은 지 오래되어 보이는 한옥으로 된 예배당이 있고, 골목 양쪽 벽은 강경의 역사와 옛날 사진이 장식되었다. 이 길을 천천히 걸으면서 구경하면 강경읍 사람들의 살아온 이야기를 짐작할 수 있다. 언덕 중간에는 박범신의 소설 『소금』에 나오는 소금집이 드라마 세트장처럼 조성되어 있다. 토방에 걸터앉아 논산 들녘을 바라보면 살가운 봄바람이 한낮 따사로움을 몰고 온다.

박용래 시인은 1956년 『현대문학』에 〈땅〉, 〈황토길〉, 〈가을노래〉로 박두진 시인의 추천을 받아 문단에 등장한다. 〈황토길〉의 한 구절 '부서진 봉화대 보이는 길'을 추측해 보면 이 시의 배경이 되는 곳이 옥녀봉이라는 것을 쉽게 짐작할 수 있다. 옥녀봉은 시인이 누이를 그리며 수많은 눈물을 흘린 곳이라고 한다. 또한 시인은 청년 시절까지 북옥동 108-1번지에 살았는데 위치가 옥녀봉 바로 옆이다. 옥녀봉에서는 시인을 키워 준 홍래 누이가 시집간 부여 임천면의 마을이 카메라 앵글에 잡힐 듯 잡히지 않을 듯 바라다보인다.

옥녀봉 느티나무

황 토 길

박용래

낙엽 진 오동나무 밑에서
우러러보는 비늘구름
한 권 책도 없이
저무는
황토길

맨 처음 이 길로 누가 넘어갔을까
맨 처음 이 길로 누가 넘어왔을까

쓸쓸한 흥분이 묻혀 있는 길
부서진 봉화대 보이는 길

그날사 미음들레꽃은 피었으리
해바라기만큼 한

푸른 별은 또 미음들레 송이 위에서
꽃등처럼 주렁주렁 돋아났으리

-중략-

그는 고향이 그리울 때마다 옥녀봉을 찾았다고 한다. 어쩌면 점점 사라지고 있는 누이와의 추억이 담긴 집을 바라보며 더욱 구슬피 울어 대고 떠났을 것이다. 이제, 옥녀봉은 사람들이 박용래 시인이

옥녀봉에서 바라본 풍경

그리울 때 찾는 곳이 되었다.

　시인은 1955년 대전철도학교 교사로 재직하던 시절 간호사 이태준 여사와 혼인을 하고 딸 넷을 낳은 후 느지막이 아들 하나를 둔다. 대전시 오류동에 집을 마련하여 청시사(靑柿舍)라는 당호를 짓고 시 쓰기에 열중한다. 현재는 청시사가 있던 자리가 대전시의 정비사업으로 오류동 뒷골목 주차장으로 변하였다.

　박용래 시인은 교통사고로 3개월간의 병치레를 마치고 얼마 후, 1980년 11월 20일 밤 소주에 취해 잠이 든다. 아침에 깨어 아이에게 소주 심부름을 시킨다. 아이가 사 들고 온 소주를 힘없이 그저 바라만 보고만 있다. 그러다가 셋째 딸 수명(水明)이 콩나물죽을 끓이고 있는 사이에 잠을 자듯 고요하게 눈을 감는다.

박용래 시인의 묘소는 대전시 동구 삼괴동 소재의 천주교 공원 묘지에 있다. 묘석 뒷면에는 그의 시 〈군산항〉의 일부가 새겨 있다.

"오늘 내 不時 나그네 되어 / 빈손 찌르고 망대에 올라 / 멀리 갈매기 행방을 좇으면 곶岬은 굽이치는 탁류"

죽음은 그를 나그네로 만들었을 것이다. 그의 영혼은 지금 어딘가에서 갈매기를 좇고 있을 것 같다.

그의 부인은 그가 떠나고 9년 후 그를 따라 오른쪽 옆으로 나란히 잠들어 계신다. 하늘에서도 외롭지 않도록 이태준 여사가 동행하고 계신다.

강경읍내

경국대전을 편찬한 왕 성종이 잠든 도심 속 왕릉, 선정릉

왕릉 곁에 도시가 들어선 것으로 생각하면 그리 신기한 이야기는 아니다. 오히려 도심 안에 있어 오가는 사람들까지 쉽게 찾을 수 있다는 것, 국가 유산으로써 넓은 녹지가 보존될 수 있는 점, 도심에 있기에 더욱 잘 가꿀 수 있다는 점은 선정릉의 탁월한 위치 선정의 결과인 셈이다.

경국대전은 조선의 기틀을 확립하게 한 조선의 기본법전이다. 조선의 일곱 번째 대왕 세조 때부터 편찬을 시작하여 성종 때 완성이 되었다. 미완의 법전을 마침내 완결시킨 성종, 그분이 계시는 선정릉 산책길을 걷는다.

삼성동 선정릉공원 안에는 세 기의 능이 있다. 조선의 아홉 번째 왕 성종대왕, 왕비 정현왕후, 조선의 11대 왕 중종대왕의 묘이다. 성종대왕과 정현왕후의 능을 더하여 선릉이고, 정릉은 중종대왕의 능이다.

공원 입구에서 이곳을 지나던 사람이

"도심 한가운데에 왕의 무덤이 있다는 것이 신기해!"

하며 지나간다.

선정릉의 산책길

홍살문과 선릉의 정자각

 언뜻 생각하면 신기한 일이기도 하지만, 도심에 왕릉이 있는 것이 아니었고 왕릉 곁에 도시가 들어선 것으로 생각하면 그리 신기한 이야기는 아니다. 오히려 도심 안에 있어 오가는 사람들까지 쉽게 찾을 수 있다는 것, 국가 유산으로써 넓은 녹지가 보존될 수 있는 점, 도심에 있기에 더욱 잘 가꿀 수 있다는 점은 선정릉의 탁월한 위치 선정의 결과인 셈이다.

 입구에 들어서 오른쪽 정릉 방향으로 발길을 옮긴다. 아름드리 나무가 많이도 우거져 있다. 길가에는 참나리와 비비추가 낮은 곳에 자리 잡았다. 이곳저곳에서 들리는 산새 소리가 걷는 길을 심심치 않게 해준다. 묘지라고 하기보다는 마치 숲속 정원에 들어 온 것 같다.

 200m쯤 산책로를 따라가면 커다란 언덕 위에 중종임금을 모신

임금이 다니는 어로와 혼령을 위한 향을 나르는 향로

정릉이 나타난다. 홍살문, 정자각, 능이 일직선으로 배치되어 있다. 홍살문에서 정자각까지는 좌측에는 혼령을 위한 향이 지나가는 향로, 우측에는 임금이 걷는 어로가 배치되어 있다. 안내판에는 어로를 이용하여 걸으라고 쓰여 있다. 어로를 따라 걸으면 정자각에 이른다. 정자각은 그 모양이 정(丁)자로 지어져 있어 그렇게 불린다. 오른쪽에는 비각이 세워져 있다. 아래는 비각 안의 비석에 쓰인 내용이다.

선릉의 정자각

-전면-

조선국 중종대왕 정릉

-후면-

중종공회휘문소무흠인성효대왕은 1488년 3월 5일 탄생하셨다.

처음에는 진성대군에 봉해졌고, 1506년 9월 2일 즉위하셨다.

1544년 11월 14일 인종에게 전위하시고 같은 달 15일 승하 하셨다.

1545년 2월 고양 희릉에 장사지냈으나, 1562년 9월 4일 광주 선릉 동쪽 언덕 동
남향 둔덕으로 이장 되었다.

재위 39년 보령 57세이셨으며, 명나라에서는 시호로 공희를 내렸다.

1755년(영조31년) 2월 세움

    중종은 당시 대비(선대왕의 왕비)인 어머니 정현왕후의 동의하에
연산군의 반대 세력에 의해 일어난 중종반정으로 왕위에 오른 연산
군의 이복동생이다. 그에 대하여 조선왕조실록에는 어질고 효성스
럽고 부지런하고 검소하고 남의 말을 귀 기울일 줄 아는 왕이라고
기록되어 있다.

정릉의 정자각

정자각의 내부를 통해서 바라보면 뒷문 너머 능까지 길이 나 있는 것을 볼 수 있다. 큰 언덕 위 석상과 석등 뒤로 봉분의 윗부분이 살짝 보인다.

공원의 둘레 숲길을 따라가는데 산새 한 마리가 나의 바로 앞 그루터기에 날아들었다. 참새, 비둘기, 까치, 까마귀처럼 쉽게 볼 수 있는 새가 아니다. 녀석에게는 도심 속 섬 같았을 이곳에서 낯선 이방인을 보듯 한참 동안 나를 응시한다. 내가 카메라로 몇 컷을 응사하자, 새는 셔터 소리에 귀 기울이더니 나뭇가지로 날아오른다. 어치라는 새인데 다 자란 까치만큼 크다. 꽤 희귀하게 생겼다고 생각했는데 우리나라 어느 곳에서나 볼 수 있는 텃새다. 까치와 까마귀의 울음소리도 흉내 낸다고 하니, 그들과 같이 어울리기도 할 것 같다.

재실 부속건물과 솟을대문

성종왕릉, 정현왕후릉과는 다르게 봉분 둘레에 병풍석이 있다

정현왕후릉

숲길을 반 정도 돌아 나가면 정현왕후릉이 있다. 중종릉과는 다르게 성종릉과 정현왕후릉은 바로 옆까지 다가가 가까이서 볼 수 있다. 정현왕후릉에서 정자각까지 제향을 지낼 때 정현왕후의 혼령이 다니는 길인 신로가 복원되어 있다.

성종대왕릉은 열두 기둥의 난간석이 봉분을 보호하고 있고, 봉분 둘레로 병풍석이 마감되어 한층 위엄이 있어 보인다. 왕릉과 왕후릉의 구별은 봉분으로만 비교하면 규모나 형태가 비슷하여 차이를 한눈에 알아차릴 수 없는데, 왕릉에만 있는 병풍석으로 두 기를 구별할 수가 있다.

정자각의 좌측에는 제를 지낼 때 음식을 준비하는 수라간이 있다. 선릉의 수라간이 정자각에서 열 걸음 서쪽으로 위치한 두 칸 규모의 건물이라고 고서에 기록되어 있었다고 한다. 문화재청은 이 기록에 근거한 유적발굴을 실행하여 초석을 찾아 2014년에 수라간을 복원하였다. 정자각의 우측에는 수복방이 있다. 능지기가 머무는 방이다. 굴뚝이 있는 것으로 보아 겨울에도 기거할 수 있도록 온돌이 설치된 것 같다. 조그마한 방과 부엌의 두 칸으로 된 건물이다.

비각 안의 비석에는 아래와 같이 쓰여 있다.

-전면-

조선국 성종대왕 선릉

정현왕후 부좌강(좌측 언덕에 모심)

수라간

-후면-

성종강정인문헌무흠성공효대왕은 명나라 1457년 처음으로 자산군에 봉해졌고, 1468년 자을산대산군으로 다시 봉해졌으며, 1495년 11월 즉위하셨다.

1494년 12월 24일 승하하시어 1495년 4월 6일 광주 서학당동의 남남동향 언덕에 장사 지냈다.

재위 25년 보령 38세이셨으며, 명나라에서는 시호로 강정을 내렸다.

계비자순화혜소의흠숙 정현왕후 윤씨는 1462년 6월 25일 탄생하시어 1473년 처음으로 숙의에 봉해졌고 1480년 10월 왕비에 책봉되셨다.

1530년 8월 22일 69세로 승하하시어 10월 29일 대왕릉 좌측 언덕의 남서향 둔덕에 장사 지냈다.

1755년(영조 31년) 2월 세움

　

　이곳을 돌아 나와 공원 출구로 향하면 철제로 된 울타리를 사이에 두고 도시의 길과 공원의 길이 나란히 배치되었다. 이 길이 초행길인 사람은 안에서는 밖이 궁금할 것 같고, 밖에서는 안을 보고 싶어 할 것 같다. 우뚝 서 있는 백송 한 그루가 아름다운 자태를 뽐내며 도시의 뒤안길을 둘러보고 있다.

　공원 밖으로 나가기 직전 공원 관리사무소를 지나면 언덕길이 보인다. 그곳을 올라가면 온전한 한옥이 있는데 제를 준비하는 제실이다. 제실은 제사의 준비와 목욕재계, 문중회의, 날이 좋지 않으면 묵고 가는 곳으로도 쓰이는 곳이다.

　솟을대문으로 들어가면 잘 닦여진 마당을 가로질러 본당까지 돌길이 놓여있다. 네 칸으로 지어진 본당은 아무런 치장도 하지 않았는데 그 수수함 자체가 아름다우며 경건한 기운까지 느껴진다. 마치 조선 시대 대감집처럼 규모가 있고, 단청 같은 치장도 하지 않은 온통 흙과 나무, 검정과 흰색으로만 되어있다.

제실 마루에 걸터앉아 기와 끝으로 흐르는 파란 하늘과 하얀 구름에 한참 눈길이 가더니, 시원한 바람에 땀이 식어 간다.

까치 까마귀 소리를 흉내 낸다는 어치

안동, 청포도가 익어가는 원촌마을에서
이육사 부녀를 만나다

나는 그가 절정에 이르러 시를 쓴 그곳에 서 있다. 눈을 감는
다. 수많은 옥고와 억압의 장막에 가로막힌다. 그가 달렸던 만주
벌판을 달린다. 그가 쥐었던 차가운 총을 쥔다. 그에게 씌워졌던
용수를 뒤집어쓴다.

안동행 버스에 올랐다. 안동에 이르자 벚꽃은 다 지고 만 줄 알았는데, 산속에 틈틈이 박혀서 느지막이 찾아온 사람들을 반긴다. 좌우로 보이는 안동호가 이곳저곳에서 흘러내리는 강물을 모두 모으고 있다. 태백산맥의 얼음이 녹은 농익은 봄의 계곡물도 안동호로 집결한다. 이곳을 찾은 이유는 이육사 시인의 외동딸 이옥비 여사의 강연을 듣고 이육사 시인이 〈절정〉을 썼던 장소인 서릿발 같은 절벽 갈선대에 오르기 위해서다.

이육사문학관에 도착하자 이옥비 여사가 환한 웃음으로 반갑게 맞아 주었다. 강연이 시작되고 그는 곧, 아버지를 그리워하며 천천히 기억 속 아버지의 이야기를 꺼내었다.

"아버지는 나에게 마지막 선물로 백화점에서 분홍치마와 까만 구두를 사 오셨습니다. 그다음의 기억은 두 손이 묶이고 용수를 쓰고 걸어가는 아버지의 모습입니다."

지금은 할머니의 모습이지만 그녀도 이육사에겐 어린아이였다. 기억 속을 거슬러 세 살 때의 아버지 선물을 떠올렸다. 그리고 그의 '마지막 뒷모습'을 기억해 내고 있다.

1943년 7월 이육사 시인이 모친과 함께 형의 장례를 참여하기 위해서 귀국하였는데 그해 늦가을 경찰과 헌병대에 체포되어 베이징으로 압송될 때의 장면이 그녀가 본 아버지의 '마지막 뒷모습'이다.

이옥비 여사는 1941년에 태어났다. 이육사 시인은 17세에 혼인하였지만 여러 가지 이유로 37세에 외동딸을 보았다. 여든을 넘긴 나이에 아직도 맑고 강한 목소리로 연설할 만큼 청청하신 그의 모습이 다행스러웠고, 오래오래 1943년 아버지에 관한 이야기를 사람들에게 전해 주실 수 있다는 생각에 감격스럽기까지 하였다. 그는 20분이 넘는 강연을 마치고 흔쾌히 기념사진도 허락해 주셨다.

이육사문학관에는 그의 삶의 기록과 잘 알려진 사진 속의 안경을 비롯한 유품들, 그리고 친필 문서들이 잘 보존되어 전시되고 있다. 그의 집 벽에 걸렸던 괘종시계 또한 그 시간에 머물러 있다.

경북 안동시 도산면 원천리(구, 원촌리), 태백산맥의 틈을 비집고 낙동강이 흐른다. 강이 반원을 그리며 굽어 흐르는 곳에 그의 고향마을이 있다. 그 마을이 수몰될 위기가 있었는데. 이육사 시인의 흔적을 보존하기 위하여 사람들은 수몰을 대비하여 1974년 육사의 생가를 '안동시 태화동 포도길 8'로 옮겼다.(포도길은 당연히 그의 생가 덕에 지어진 골목길 이름일 것이다.) 그렇게 수몰이 예정되었

이육사 시인과 그가 쓰던 안경

이육사 시인의 괘종시계

이육사문학관 내 시인의 연보

이육사문학관 옆 새로 지어진 생가 육우당

던 지역이었지만 이옥비 여사를 비롯한 뜻있는 인사들의 노력으로 흙을 돋우어 수몰을 막았고, 생가터를 보존하여 공원을 조성하고 이육사문학관도 건립하였다. 문학관 옆 한옥으로 지어진 건물은 새롭게 복원된 이육사의 생가이다. 어떤 이유에서 인지 태화동으로 옮긴 생가를 그대로 둔 채 이곳에 하나를 더 지어 놓았다. 새로 지은 생가에 걸린 육우당(六友堂)이라는 현판은 이육사의 6형제의 우애를 기린 명칭이라고 한다.

육사의 묘소는 원촌마을 뒷산 마차골 위쪽에 있다. 묘소에 이르기 위해서 도로 입구에서부터 2.6Km 정도 산행을 해야 한다. 동행한 조명제 평론가는 "좋은 가문의 묘일수록 깊고 먼 곳에 있다."라고 하며 동행하는 일행들에게 힘들다고 투정 부리지 말라고 웃으며 이른다. 이육사 시인의 묘는 처음에는 미아리 공동묘지에 안장된 후 1960년 그의 고향으로 이장되어 부인 안일양 여사의 묘와 나란히 안장되어 있다. 스무 발자국 오른쪽에는 이육사 시인의 양자 이동박

이육사 시인 부부 묘소

의 묘가 있다. 낙동강이 아래로 흐르고 그 너머 이육사 시인이 〈절정〉을 써 내린 서릿발 같은 절벽, 갈선대가 강을 가를 기세로 서 있다. 서쪽 쌍봉 사이로 해가 지면 마차골을 타고 올라온 강물 소리가 묘소까지 들린다고 한다.

널리 알려진 내용이지만 이육사의 이름에 대하여 말하지 않을 수 없다. 본래 그의 이름은 이원록이다. 1927년 "장진홍 의거" 사건에서 일제에 휘말려 구금되는데 이때 수인번호가 264번이었다. 한자로는 李陸史로 지금껏 우리에게 알려져 있는데, 한 차례 二六四로 쓰여진 필명의 기록도 확인되었다. 동음어인 李肉瀉(고기를 먹고 채한다)라는 이름또한 이육사 시인이 사용한 이름이었다. 세상을 지독하게 비아냥거린다는 뜻을 지니었는데, 잠시 쓰이다가 李戮史(역사를 죽이다)로 고쳐 쓰였다. 그런데 그 이름이 '역사를 죽인다'는 너무나 노골적인 표현이라는 이유에서 집안 어른 이영우의 조언으로

陸史로 바뀌게 되었다. 육사는 한자가 바뀌었음에도 속뜻에는 변함이 없다고 생각하였기 때문에 어르신의 조언을 받아들여 陸史라는 이름을 사용하게 된다.

육사는 1939년 문장지에 〈청포도〉를 발표한다. 그는 이 작품을 가장 아끼는 작품이라고 말한 적이 있다.

"어떻게 내가 이런 시를 쓸 수 있었을까? 내 고장은 조선이고 청포도는 우리 민족인데, 청포도가 익어가는 것처럼 우리 민족이 익어간다. 그리고 곧 일본도 끝장난다."

1943년 경주 남산 옥룡암에서 요양을 같이하던 이식우에게 했던 말이다. 이 일화를 학창 시절에 알았다면 시가 한층 더 가슴 깊이 와닿았을 터인데 안타깝다.

 청 포 도   이육사

내고장 칠월은
청포도가 익어가는 시절

이 마을 전설이 주저리 주저리 열리고
먼데 하늘이 꿈꾸려 알알이 들어와 박혀

하늘 밑 푸른 바다가 가슴을 열고
흰 돛단배가 곱게 밀려서 오면

내가 바라는 손님은 고달픈 몸으로
청포를 입고 찾아온다고 했으니

내 그를 맞아 이 포도를 따 먹으면
두 손은 함뿍 적셔도 좋으련

아이야 우리 식탁엔 은쟁반에
하이얀 모시수건을 마련해 두렴

〈청포도〉 시비

갈선대에서 내려다 본 원촌마을

안동에는 이곳저곳에 청포도가 주렁주렁 열려있다. 안동의 특산물이 소주, 찜닭, 간고등어만 있는 줄 아는가? '264 청포도 와인'도 있고, 그 중 '절정 드라이와인'이 유명세다.

굽이치는 낙동강 위로 솟은 왕모산, 그의 시 〈절정〉이 솟아났던 곳 서릿발 같은 갈선대에 오른다. 산 입구에서부터 갈선대까지 930m라고 적혀있다. 묘소까지 왕복 5.2Km를 걸었는데 이쯤이야 하고 걸음을 떼었다. 20m 정도 지났을까? 이게 웬걸! 묘지에 오르는 길과 비교할 수가 없다. 등산이다. 절정에 이르는 길은 호락호락하지 않았다. 깔딱고개를 가까스로 두 번 넘고서야 갈선대에 이르렀다. 오르기 전 강 건너에서의 모습은 시 속의 표현대로 칼날진 서릿발과 같았다. 무릎을 꿇을 곳조차 없는, 한 발 디딜 곳조차 없는 곳이다. 이곳에 서서 이육사는 절정을 창작한다. 나는 그가 절정에 이

〈절정〉의 탄생지 갈선대

르러 시를 쓴 그곳에 서 있다. 눈을 감는다. 수많은 옥고와 억압의 장막에 가로막힌다. 그가 달렸던 만주벌판을 달린다. 그가 쥐었던 차가운 총을 쥔다. 그에게 씌워졌던 용수를 뒤집어쓴다.

이육사

　　　매운 계절의 챗죽에 갈겨
　　　마츰내 북방으로 휩쓸려오다

　　　하늘도 그만 지쳐 끝난 고원
　　　서리빨 칼날진 그우에서다

　　　어데다 무릎을 꾸러야하나?
　　　한발 재겨디딜 곳조차 없다

　　　이러매 눈깜아 생각해볼밖에
　　　겨울은 강철로 된 무지갠가보다

　　갈선대에 서면 원촌마을 뒷산 중턱에 이육사 시인의 묘소가 보인다. 둥글게 흐르는 낙동강이 원촌마을을 보듬고 있다. 그에게 묘소를 내어준 건지산이 마을을 감싸고 있다.

　　그의 유언 같은 시 〈광야〉는 〈꽃〉과 함께 유작(사후에 발표된 작품)이다. 일제의 탄압이 가혹해질수록 이육사의 시는 더욱 강렬해

갈선대 정상에 설치된 〈절정〉

져 갔다. 이 시를 쓰고 이육사는 1944년 1월 16일 광복을 1년여를 남기고 북경 감옥에서 순국하였다. 이 두 시는 1945년 12월 17일 자로 자유신문에 발표된다.

광 야

이육사

까마득한 날에
하늘이 처음 열리고
어데 닭 우는 소리 들렸으랴

모든 산맥들이
바다를 연모해 휘달릴 때도
차마 이곳을 범하든 못하였으리라
끊임없는 광음을
부지런한 계절이 피어선 지고
큰 강물이 비로소 길을 열었다

지금 눈 내리고 매화 향기 홀로 아득하니
내 여기 가난한 노래의 씨를 뿌려라

다시 천고의 뒤에 백마 타고 오는 초인이 있어
이 광야에서 목놓아 부르게 하리라

왕모산 서쪽으로 기울어가는 햇볕과 태양을 따르며 흘러가는 반
짝이는 강 물결이, 죽어서 다시 백마 타고 오는 초인 이육사가 노래
의 씨앗이 움튼 노래를 목놓아 부르고 있는 것 같다.

꽃
이육사

동방은 하늘도 다 끝나고
비 한 방울 내리잖는 그때에도
오히려 꽃은 빨갛게 피지 않는가
내 목숨을 꾸며 쉬임 없는 날이여

북쪽 툰드라에도 찬 새벽은
눈 속 깊이 꽃맹아리가 옴작거려
제비떼 까맣게 날아오길 기다리나니
마침내 저버리지 못한 약속이여

한바다 복판 용솟음 치는 곳
바람결 따라 타오르는 꽃 성에는
나비처럼 취하는 회상의 무리들아
오늘 내 여기서 너를 불러 보노라

이육사 시인과 나

여름으로의 초대

김 차 중

산중에 오두막집 하나 빌려 놓았습니다.
구름 걸친 산아래 계곡물이 흐릅니다.
무릎만큼 물막이를 놓아 물놀이도 안전합니다.
맑은 물엔 지겨운 모기도 없습니다.

매미들이 시끄럽게 울어 댄다지만
짝 찾는 힘겨운 울음이니 말릴 수는 없습니다.
그 소리가 맴돌다 물소리에 섞이어
여름 한낮 시원한 바람을 부채질 합니다.

바윗돌에는 큰 나무들이 그늘을 드리웁니다.
수풀 속 개구리도 돌 틈의 물고기도
자리 잡고 쉬어가는 곳입니다.

가져올 것 하나도 없습니다.
고맙다는 마음도 다 비우고 오십시오.
더운 여름 가기 전에 꼭 오십시오.

여름

아나키스트 신동엽 시인을 찾아서

토방에 걸터앉아 시 한 편을 읽고 나니 빗방울이 하나둘 툭툭
떨어진다. 들에서 캔 나물을 소쿠리에 담고 시인과 그의 누이가
비를 피하려 종종걸음으로 마당을 가로지르는 모습이 그려진다.

지금까지도 부여는 백제의 흔적과 모습이 그윽하게 서린 도시이다. 이곳은 산도, 길도, 강물도 모두 나지막이 흐른다. 아침 고속버스에서 내려 고요한 안갯길을 따라 부여에 들어왔다. 신동엽 시인의 생가와 문학관으로 가는 여정을 시작한다.

신동엽 시인은 아나키스트(무정부주의자)로 알려져 있다. 그의 사상은 그가 겪은 일제 강점기, 미군정, 한국전쟁의 소용돌이 속에서 생겨났을 것이다. 대표작인 〈껍데기는 가라〉는 '천둥같고 벼락같은 시'라고 평가된다. 시인은 그의 작품에서 현실에 굴복하지 않고, 비판과 저항의 목소리로 부르짖는다. 군사정권이 한창이었던 1975년 그의 시집이 불온서적으로 판매가 금지된 적도 있었다.

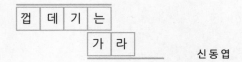

껍 데 기 는
가 라   신동엽

껍데기는 가라.
사월도 알맹이만 남고
껍데기는 가라.

껍데기는 가라.
동학년 곰나루의 그 아우성만 살고
껍데기는 가라.

그리하여 다시
껍데기는 가라.
이곳에선 두 가슴과 그곳까지 내논

아사달 아사녀가
중립의 초례청 앞에 서서
부끄럼 빛내며
맞절할지니

껍데기는 가라.
한라에서 백두까지
향그러운 흙가슴만 남고
그 모오든 쇠붙이는 가라.

신동엽 시인 생가 대문과 안뜰

작품명 : 쉿 저기 신동엽이 있다

이렇게도 강력한 명령 어조로 아름다운 시를 만들 수 있다는 것이 놀랍다. 이 시는 그래서 하나의 주문(呪文)과 같은 시이다.

부여 터미널에서 골목길로 2분만 걸으면 마치 나를 마중 나온 것처럼 시인의 생가가 손을 내민다. 원래의 모습대로라면 청기와로 된 근사한 대문도 없었을 것이며, 마당의 잔디밭도 없었을 것이다. 처음에는 초가집으로 복원을 하였는데 관리가 쉽지 않았던 탓인지 지붕을 기와로 바꾸었다고 한다. 시인이 어린 시절부터 결혼 후까지 살았던 집터에 잠시 머문다.

부인 인병선 시인의 〈생가〉라는 시가 생가에 현판으로 걸려 있다. 남편에 대한 사랑과 그리움으로 가득 차 있는 시이다.

생 가
인병선

우리의 만남을
헛되이
흘려버리고 싶지 않다.

있었던 일을
늘 있는 일로 하고 싶은 마음이
당신과 내가 처음 맺어진
이 자리를 새삼 꾸미는 뜻이라

우리는 살고 가는 것이 아니라
언제까지나
살며 있는 것이다.

토방에 걸터앉아 시 한 편을 읽고 나니 빗방울이 하나둘 툭툭 떨어진다. 들에서 캔 나물을 소쿠리에 담고 시인과 그의 누이가 비를 피하려 종종걸음으로 마당을 가로지르는 모습이 그려진다.

생가 앞마당을 가로지르면 문학관으로 이르는 길이다. 그의 시가 하늘을 향해 적혀 있고, 세상으로 방금 나온 듯한 어스름한 모습의 한 사내(작품명: 쉿 저기 신동엽이 있다)가 문학관 가는 길은 안내한다. 석림(신동엽)과 추경(인병선)의 연애편지를 닮은 노란 벽에 마음으로 안부를 적고 문학관으로 들어간다.

문학관 입구에는 '내 인생을 시로 장식해 봤으면, 내 인생을 사랑으로 채워 봤으면, 내 인생을 혁명으로 불 질러 봤으면' 시 〈서둘고 싶지 않다〉의 일부가 적혀있다. 시인이 본인을 가장 적절하게 표현한 느낌이다. 김소월, 정지용, 오장환, 신석정의 시집 등 그가 읽었던 책들이 그때의 모습으로 전시되어있다. 부인 인병선 시인과 오고 간 손때 머금은 편지들도 공개되어 있다.

문학관 내 전시된 신동엽 시인의 시와 사진

신동엽 시인(1930~1969)은 여덟 명의 여동생 중 넷이 죽을 정도로 몹시도 가난하고 힘겨운 어린 시절을 보냈다. 그가 태어난 1930년은 만주사변(중일전쟁) 1년 전으로, 일본이 조선의 식량은 물론 숟가락까지 착취하여 전쟁물자로 사용한 때였으니 고난의 중심에 서 있었던 시절이었다. 그의 아나키즘은 그 무렵부터 자라나기 시작했을 것이다.

　유년 시절과 소학교를 황국신민으로 보내고, 일제가 끝나가는 무렵(1945.4)부터 시작된 전주사범학교 시절에는 미국과 소련의 점령 시기를 겪는다. 각종 이데올로기가 밀려오는 그때 본격적인 아나키즘적 책을 읽기 시작한다. 신동엽 시인은 '민주학생연맹'에 가입된 것을 빌미로 경찰에 쫓기다 장기 결석을 한 이유로 퇴학을 당하고, 이후 공주사대와 단국대학교에 합격한다. 그는 서울에 소재했던 단국대학교를 선택한다. 서울에 올라가 서점 일을 하다가 부인 인병선 시인을 만나게 되는데, 그들의 연애편지는 아직도 잘 보

신동엽 시인의 평전들

신동엽 시인이 읽었던 시집들

신동엽 시인의 책들

존되어 많은 부분이 문학관에 전시되어 있다. 김응교 시인이 쓴 신동엽 평전 『좋은 언어로』에도 사진과 재편집된 글로 소개되고 있다.

그는 한국전쟁이 발발한 후, 부산으로 가서 '국민방위군'에 들어가게 된다. 국민방위군의 환경은 주먹밥 한 덩어리로 하루의 배를 채우고 가마니로 이불을 삼아야 하는 실정이었다. 그는 굶어 죽거나 얼어 죽는 사람이 1천여 명이나 발생하였던 그곳에서 모진 고통을 겪는다. 그가 국민방위군을 마치고 다시 부여로 돌아오는 여정에서, 배가 고파 강가에서 게 한 마리를 잡아먹은 것이 원인이 되어 간디스토마에 걸리고 만다. 이것이 신동엽 시인의 사인에 직접적인 원인으로 작용하였고, 1969년 4월 성북구 동선동 5가 45번지 자택에서 39세의 젊은 나이로 숨을 거둔다.

여행을 떠나듯/ 우리들의 인생을 떠난다.//

이미 끝난 것은/ 아무렇지도 않다. 〈금강 7장 일부〉

자신의 운명을 예감하며 시를 썼던 것일까……

그가 다닌 부여초등학교에 들렀다. 금강 5장이 적힌 시비는 보슬비 내리는 텅 빈 운동장을 바라보고 서 있다. 잡초를 열어젖히고 그의 시를 매만져본다.

학교 뒤편으로는 부소산이 있다. 백마강을 두르고 고란사와 부소산성을 품고 있다. 시인이 걸었을 산성길과 시인이 기도했던 고

부소산에 올라 바라본 부여 시가지

란사와 낙화암에 들러 꿈을 실어 보냈을 백마강을 한없이 바라보다 간다.

그가 꿈꾸던 구름 한 자락 없는 맑은 하늘, 그곳에 살고 있을 그에게 시인의 언덕에서 한 번 더 작별을 고한다.

신동엽

진달래,
지금도 파면, 백제 때 기왓장
나오는 부여 군수리
농사꾼의 딸이 살고 있었다.

바위 사이 피어 있는 진달래
한 송이 꺾어다가
송화가루 따러
금성산 올랐다
내려오는 길
좋아하는 사내 병석 머리맡
생화 해줬지.

다음 담 날
그녀는 진달래,
화병에서 뽑아, 다시
금성산 기슭
양지쪽에 곱게 묻어줬다.

백제,
천오백 년, 별로
오랜 세월이
아니다.

우리 할아버지가
그 할아버지를 생각하듯
몇번 안 가서
백제는
우리 엊그제, 그끄제에
있다.

진달래.
부소산 낙화암
이끼 묻은 바위서리 핀
진달래,
너의 얼굴에서
사랑을 읽었다.

숨결을 들었다,
손길을 만졌다,

어제 진
백제 때 꽃구름
비단 치마폭 끄을던
그 봄하늘의
바람소리여.

- 중략 -

부여초등학교 내 신동엽 시비

신이 그린 수채화, 마라도

녹색 평원의 섬, 용암이 흘러내린 흔적이 고스란히 남아 있는
절벽, 파란빛의 바다가 수채화처럼 칠해져 있다. 섬 둘레의 목책
을 따라 남쪽에서 불어오는 바람은 들판 위에도 파도를 만든다.
등대 쪽으로 향하는 길은 지평선에 걸쳐있어 하늘까지 닿은 듯
하다.

마라도를 걷는 사람들

송악산 선착장에서 여객선으로 30분 정도 바다를 가로지르면 국토 최남단의 섬 마라도에 이른다. 홀로 떨어져 말 없는 고요한 섬이라고만 생각하고 있었는데, 이 섬에는 많은 이야기가 담겨 있다. 섬속의 섬 마라도를 걷는다.

마라도는 신비롭고 위험하여 함부로 들어갈 수 없는 금지된 섬으로 여기었다. 태풍과 바람이 온전한 힘을 지닌 채 거칠 것 없이 밀려오는 곳이다. 이 작은 섬에는 1883년부터 사람이 살기 시작했다는 기록이 있다. 재산을 탕진한 김성오라는 사람이 제주 목사에게 요청하여 마라도를 개간하여 살게 되었다고 한다. 그때부터 강씨, 이씨, 나씨, 한씨의 여섯 세대가 섬에 정착하였다. 사람이 살지 않았던 때의 마라도는 아름드리나무가 무성했던 원시림을 이루고 있었다. 사람들이 이주하여 나무를 태워 밭을 개간 한 일이 있었고, 뱀을 쫓기위해 숲을 불태웠던 일도 울창했던 숲이 소실된 원인이 되고 말았다. 이곳에 처음으로 마을을 일군 사람들은 외부와의 단절로 땔 나무가 없어 소똥으로 연료를 삼고, 물고기의 내장 기름으로 등잔불

마라도 가는 여객선   마라도 등대

을 밝혔다. 게다가 화산암 위의 토지인 까닭에 생활용수를 구하기
도 어려웠을 터이니 이곳의 주민들은 외로운 섬에서 온갖 힘든 생활
을 겪어야 했을 것이다.

파란 바다 빛 위에 둥근 방석을 얹은 것 같은 마라도에 도착했다.
괭이밥과 민들레가 지천에 뿌려져 있다. 언제부턴가 이곳에서 자생
하고 있는 어린아이 손바닥만한 선인장이 손을 흔든다. 아름답고 신
비로운 섬, 풀 한 포기 밟지 않고 조심조심 길을 걷는다.

살레덕 선착장에서 시계방향으로 돌면 해안절벽 아래 태평양을
향한 넓은 바다가 끝없이 펼쳐져 있다. 녹색 평원의 섬, 용암이 흘
러내린 흔적이 고스란히 남아 있는 절벽, 파란빛의 바다가 수채화
처럼 칠해져 있다. 섬 둘레의 목책을 따라 남쪽에서 불어오는 바람
은 들판 위에도 파도를 만든다. 등대 쪽으로 향하는 길은 지평선에
걸쳐있어 하늘까지 닿은 듯하다. 밤마다 불을 밝혀주는 대한민국을
알리는 첫 번째 등대가 마라도의 수호신처럼 바다를 호령하듯 웅장

마라도의 바람

어느 김씨 무덤

하게 서 있다. 낮에는 사람들의 추억을 만들어 주고, 밤에는 하늘
에 뜬 별들과 함께 고단한 배들의 이정표가 되는 일이 홀로 선 등대
의 일일 것이다.

　남쪽 바다가 보일 즈음에 동화 속에서나 만날 듯한 모습의 성당
이 나타난다. 2000년도에 세워진 마라도 성당이다. 문어와 소라와
전복을 형상화했다고 하는데 생소하지만 귀엽고 익살스럽기까지 하
다. 성당 내부는 타원형으로 지어졌고 스무 명 정도 앉으면 적당할
아담한 공간이다. 햇빛이 직접 들어올 수 있도록 지붕에 동그란 창
을 냈는데 그 창으로 통과하는 햇빛이 성당 안을 밝게 비춘다. 기도
를 드리면 모두 이루어질 것 같은 곳이다. 마라도의 주민은 90명쯤
된다고 한다. 일요일이면 주민들과 여행객이 오손도손 모여 미사를
드리는 모습을 그려본다.

　성당을 나와 바다새의 즐거운 지저귐을 따라 남쪽 길로 향한다.
국토의 최남단을 알리는 기념비가 있다. 비석 너머로 저 멀리 어선

마라도성당   마라도성당 내부

들이 어기여차 물살을 가른다.

선착장에서 출발하여 섬을 반쯤 돌았다 싶으면, 여러 곳의 음식점들을 볼 수 있는데 메뉴는 모두 흡사하다. 뿔소라가 들어있는 해물짜장, 딱새우와 전복이 퐁당 빠진 해물짬뽕은 이곳에서만이 맛볼수 있는 별미이다. 가장 한가로워 보이는 음식점을 찾아 바다가 보이는 테이블을 차지하고, 짜장면 한 그릇을 주문하였다. 소라와 톳이 들어간 짜장면도 특별한 맛이지만 밑반찬으로 나오는 총각김치가 유달리 새콤하다.

식사를 마치고 촉촉한 바닷바람을 맞으며 마을 곳곳을 돌아본다. 마라로 95번지의 집주인은 이 섬을 어떤 이유로 떠났을까? 폐허가 된 집터를 지키는 담벼락엔 주소가 적힌 팻말만 덩그러니 남아 있다. 그에게 이 섬을 떠나는 것은 기쁨이었을까? 슬픔이었을까?

섬마을의 유일한 학교 가파초등학교 마라분교 앞에 섰다. 갈옷빛깔 지붕의 나지막한 건물 앞으로는 잔디가 깔린 운동장이 펼쳐져있고 미끄럼틀과 철봉이 언제 올지 모를 아이들의 소란을 기다린다. 당장이라도 교실에서 아이들이 뛰어나와 놀 것만 같은 풍경이다. 태극기가 걸려 있어야 할 국기 게양대는 깃대만 홀로 남아 있다. 1958

대한민국 최남단비   뿔소라 해물짜장

년 개교한 이 학교는 2016년 그해, 단 한 명의 졸업생 김영주 군을 배출한 후로 휴교에 들어갔다. 학교가 문을 열기만을 기다리는 안내 판의 글자가 바래져 간다.

마라도 북서쪽 섬 끝에는 할망당(애기업개당)이라는 제당이 있다. 이곳에는 150년 전의 실화 같은 너무나도 슬픈 이야기가 전해진다. 간추려 보면, 거친 풍랑을 잠재우기 위하여 해녀들의 아기들을 돌보는 애기업개를 재물 삼아 마라도에 두고 떠난 이야기이다. 그 애기업개가 이 섬에 홀로 남아 풍파와 배고픔을 견디지 못해 주검이 되었다고 한다. 그 혼을 달래기 위해 이곳을 찾는 해녀들이 할망당제에 찾아와 해마다 제를 올린다.

폐허가 된 집 마라로95   가파초등학교 마라분교

갈매기는 바람결에 뉘엿뉘엿 날고, 불턱 너머 가파도와 송악산과 삼방산이 물안개 속에서 고요하다.

마라도등대와 마라도성당

삼방산을 바라보는 할망당

누룩 향기 떠다니는 오장환 시인의 마을과 대청호수

"여기저기 떠도는 장꾼들아! 장사하며 오가는 길에 혹시나 보았는가. 전나무 우거져 있고 집집마다 누룩을 디디고, 누룩 향기가 골목 골목을 누비고 다니는 것을. 이 마을에서 자란 막걸리 한 사발 그윽하게 들이켜고 가게나!"

1982년 공안당국이 고등학교 교사들을 반국가단체 구성 혐의로 몰아 처벌하였다. 이 사건이 바로 전북 군산제일고등학교 교사들이 반국가혐의로 처벌된 오송회 사건이다. 이 사건으로 인하여 교사 여덟 명과 방송국 부장 한 명이 불법 구금되어 고문을 당했다. 25년 후 진실과 화해를 위한 과거사정리위원회가 이 사건을 조사하고 재심한 끝에 전원 무죄 선고가 내려졌다.

이 오송회 사건의 빌미가 된 것은 오장환 시인의 〈병든 서울〉이 실린 시집 『병든 서울』 돌려 보았다는 이유였다. 오장환의 〈병든 서울〉은 72행의 장시이다. 그 안에서 특히 문제가 되었던 부분이 아래의 구절이다.

 中 6연   오장환

병든 서울, 아름다운, 그리고 미칠 것 같은 나의 서울아
네 품에 아무리 춤추는 바보와 술 취한 망종이 다시 끓어도
나는 또 보았다.
우리들 인민의 이름으로 씩씩한 새 나라를 세우려 힘쓰는 이들을 ……
그리고 나는 외친다.
우리 모든 인민의 이름으로
우리네 인민의 공통된 행복을 위하여
우리들은 얼마나 이것을 바라는 것이냐.
아, 인민의 힘으로 되는 새나라

오장환 시인은 1918년 충북 보은군 회인면에서 태어나 회인공립 보통학교에 입학한 후 고향을 떠나 안성으로 이사하여 안성공립보 통학교를 졸업했다. 그 후 휘문고에 들어가는데 이 학교에서 교사를 지내고 있던 정지용 시인을 만나 그에게서 시를 배웠다. 메이지 대 학을 진학한 후 1938년 아버지의 사망으로 학교를 중퇴하고 귀국 하여 종로구 관훈동에 '남만서방'이라는 출판사와 서점을 개업하였 다. 이곳에서는 서정주의 『화사집』과 김광균의 『와사등』이 출판되 었다. 1946년 임화, 김남천과 조선문학가동맹에 가담하여 활동하 던 중 월북하여 신장병 등으로 투병하다가 1951년 33세의 젊은 나 이로 신장결핵으로 세상을 떠나고 만다.

그는 서정주, 이용악과 함께 1930년대 후반 한국 문단을 대표하 는 시인으로 불리었다. 하지만 월북한 이유로 대한민국에서 그를 이 념의 반대편에 두어 한동안 조명될 수 없었다.

대청호로 흐르는 회인천을 거꾸로 거슬러 8Km 정도 오르면 부 수교가 나온다. 그 근처에 이르면 오장환 시인의 생가터와 문학관 의 이정표를 만날 수 있다. 부수교 위에서 먼 산을 보듯 고개를 들 면 풍경과 어울리지 않는 고속도로 고가교가 보인다. 저 고속도로 가 건설되기 전에는 이 마을은 산과 강으로 가로막힌 오지였을 것이 다. 구태여 설명하지 않아도 회인면은 예로부터 충북지역에서 인구 가 가장 적은 곳이었다.

1988년 월북 문인에 대한 해금 조치가 실행된 후 오장환 시인이 다시 세상에 나온 것처럼, 2008년 고속도로가 개통됨으로 인하여 그의 고향 마을도 사람들에게 더욱 선명하게 드러났다. 시집 『나 사

는 곳』에 수록된 〈밤의 노래〉에는 오장환 시인의 고즈넉한 고향이
잘 그려져 있다. 시냇물 소리, 골짜기의 노루 소리, 꿩, 두견이, 소
쩍새 등의 소리들이 밤의 시인의 마을 안팎을 두드린다.

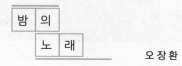

오장환

깊은 밤중에 들려오는 소리는
시냇물 소리만인가 했더니,
어두운 골짜기
노루 우는 소리.
또 가차운 산밭에 꿩이 우는 소리.
그런가 하면
두견이의, 소쩍새의, 쭉쭉새의,
신음하듯 들려오는 울음소리

아, 저 약하디약한 미물들이,
또 온 하루를 쫓겨 다니다
깊은 밤 잠자리를 얻어
저리도 우는 것인가.
아니, 저것이 오늘 하루를 더 살았다는
안타까운 울음소린가
피곤한 마음은 나조차
불을 죽이고 어둠 속에 누웠다.

오장환 시인의 복원된 생가

깊은 밤중에 들려오는 소리는
시냇물 소리만인가 했더니
잠결에도 편안하지 못하고
흐느껴 우는 소리……
이처럼 약하디약한 무리는
아, 짧은 하룻밤의 안식도 있지는 못한가
외저운 마음은 나조차
불까지, 아 이 적은 불빛이 무엇이겠느냐.

차라리 어둠으로 인하여 가벼워지는 마음이여!
만상은 모두가 잠들었나 했더니
먼발의 노루며
아 소쩍새, 쭉쭉새, 또 두견이
그러나 이들이 운다는 것은
나의 생각뿐이고
그들은 어려운 하루하루를, 무사히 살았다는 즐거움에서……
참으로 즐거움에서 부르는 노래라 하면……
나의 설움이여! 아니 나의 마음이여!
너는 어찌 하느냐.

아마도 시에 흐르는 시냇물 소리는 지금 서 있는 부수교 아래로 흐르는 회인천에서 돌돌 흐르는 물소리일 것이다.

　　충북 보은군 회인면 중앙리 140-3, 초가지붕으로 된 오장환 시인의 생가가 복원되어 있다. 어렵게 인터넷에서 찾은 생가 복원 전의 사진은 슬레이트 지붕이 얹어진 상태로, 주름살 패인 나무 기둥과 낡은 시멘트벽이 가옥을 버텨내고 있었다. 커다란 개를 키웠는지 '개 조심'이란 글자도 선명하게 사진 속에 남아 있다.

아이들이 오장환 시인의 동시를 떠올리며 그린 그림들

오장환 시인의 동시 〈해바라기〉

오장환 시인의 동시 〈가는 비〉

오장환의 시 〈고향 앞에서〉에서 그의 고향을 엿본다. 흙이 풀리
는 냄새가 온 골목에 스몄고, 강바람이 산짐승의 소리를 불러내었
고, 회인 오일장에 회인나루터를 빠져나온 외지 사람들로 붐볐을 것
이다. 회인천은 마을 간의 경계 구실을 하고 있어 작은 마을이었을
지라도 나루터를 이용하는 사람들이 많았을 것이다. 회인장터 또한
회인면 인구에 비해 규모가 컸을 것이다. 이 시에서 시인은 회인장
터를 들고 나는 사람들에게 막걸리 한 사발을 권한다. 그 구절을 요
즘의 언어로 고쳐 써 본다.

　"여기저기 떠도는 장꾼들아! 장사하며 오가는 길에 혹시나 보았
는가. 전나무 우거져 있고 집집마다 누룩을 디디고, 누룩 향기가 골
목 골목을 누비고 다니는 것을. 이 마을에서 자란 막걸리 한 사발 그
윽하게 들이켜고 가게나!"

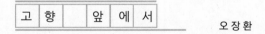

오장환

흙이 풀리는 내음새
강바람은
산짐승의 우는 소릴 불러
다 녹지 않은 얼음장 울멍울멍 떠내려간다.

진종일
나룻가에 서성거리다
행인의 손을 쥐면 따뜻하리라.

대청호 작은 섬   명상정원 홀로섬

고향 가까운 주막에 들러
누구와 함께 지난날의 꿈을 이야기하랴
양귀비 끓여다 놓고
주인집 늙은이는 공연히 눈물 지운다

간간이 잔나비 우는 산기슭에는
아직도 무덤 속에 조상이 잠자고
설레는 바람이 가랑잎을 휩쓸어간다.

예제로 떠도는 장꾼들이여!
상고(商賈)하며 오가는 길에
혹여나 보셨나이까?

전나무 우거진 마을
집집마다 누룩을 디디는 소리
누룩이 뜨는 내음새……

오장환 문학관으로 가는 골목길에는 그가 쓴 동시가 벽화와 함께 시화로 그려있다. '부끄럼쟁이 부엉이', '빗방울을 송송송 받아 먹는 물고기들', '해를 보려고 키가 자라는 해바라기'. 오장환 시인이 쓴 시어 들이다.

시인의 고향을 거슬러 내려온 회인천의 물길은 대청호에 머문다. 대청호의 남쪽 끝나는 지점이 정지용의 고향인 옥천이다. 아마도 정지용 시인과 휘문고 시절 동향이라는 이유만으로 두 사람의 인연은 더욱 짙어지지 않았을까? 학생과 스승의 사이길 대청호반을 걷는다.

나무만 나이테가 있는 것이 아니었다. 대청호를 걷다 보면 커다란 나이테 모양의 퇴적지를 곳곳에서 볼 수 있다. 호수의 느릿한 물높이의 변화에 따라 퇴적물이 호숫가에 나이테 문양으로 쌓인 것이다. 시간에 지쳐 말라 떨어진 나뭇가지가 밀려와 쌓이고, 두고 나온 수몰된 흔적들이 뭍으로 밀려 나와 조금씩 쌓인 것이다. 호수는 시간을 칭칭 감아낸 거대한 그루터기처럼 보인다.

"대청호 오백 리 길"은 220Km 걸을 수 있는 길로 놓여 있다. 소하천길, 등산길, 임도, 옛날부터 이용하던 오솔길을 모두 지녔다. 오백 리 길, 서울에서 대청호까지 오백 리, 부산에서 대청호에 이르는 거리도 오백 리쯤 된다고 한다. 천천히 길이길이 걸을 수 있는 길이다.

대청호에는 거위들이 터줏대감처럼 살고 있다. 집에서 키우던 거위가 나가서 번식한 것이라고 하는데 10여 마리의 거위가 물 위를 헤엄쳐 내 앞으로 다가온다. 이곳저곳에 여러 무리가 있다. 호숫가

나이테를 닮은 호숫가

에 있는 명상정원에 닿으면 평화롭게 보이는 거위들을 쉽게 불러 모을 수 있다. 사람들에게 겁을 내지 않는다. 멀리서도 또 다른 거위 무리가 날아오른다. 이름조차 지을 수 없이 작은 섬도 느티나무 세 그루를 얹고 천천히 물 위로 오른다. 대청호가 느릿느릿 하얀 안개로 그림을 그리고 있다.

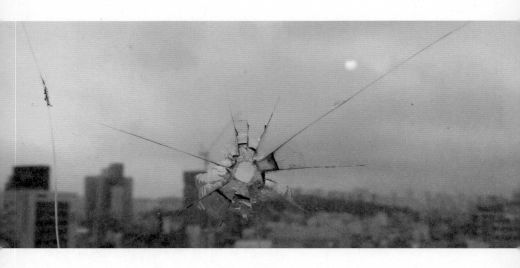

광주는 詩를 품고 있었다

오월이 아니어도 광주는 그곳만의 향기가 있다.
결국에는 지켜낸 시민들과 그들 어머니의 품 안의 향기다. 담
양을 출발한 영산강은 광주 속에 태극무늬 같은 유선 문양을 서
너 차례 그려 놓고 나주를 거쳐 목포 앞바다로 길을 내었다. 무등
산은 해가 뜨는 곳으로부터 광주를 두 팔 벌려 안고 있다.

계절은 가을로 가는 문턱을 넘어섰다. 광주, 오월이 아니어도 광주는 그곳만의 향기가 있다. 푸른 풀의 향기, 짓밟힌 민주와 인권을 결국에는 지켜낸 시민들과 그들 어머니의 품 안의 향기다. 담양을 출발한 영산강은 광주 속에 태극무늬 같은 유선 문양을 서너 차례 그려 놓고 나주를 거쳐 목포 앞바다로 길을 내었다. 무등산은 해가 뜨는 곳으로부터 광주를 두 팔 벌려 안고 있다.

이념의 상처가 없었더라면 풍경처럼 그저 행복하였을 마을 광주에 들어선다.

5·18 민주항쟁 없이 광주를 말할 수 없다. 내가 만난 광주의 시민들은 그날을 떠올리기만 하면 눈시울을 적셨다. 245발의 헬리콥터에서 발사한 총탄이 발견된 전일빌딩의 관계자가 자기를 구해준 청년들을 향한 계엄군의 총성을 말할 때, 비움박물관 이영화 관장이 맞서 싸우는 시민들에게 주먹밥을 나누어주는 광경을 묘사할 때 북돋아 오르는 슬픔을 감추려 하는 표정을 보았다.

오래전 망월동에 있는 국립 5·18 민주 묘지에 갔을 때의 일이다. 내가 겪지 않았던 일인데도 지독하고 거센 슬픔이 밀려왔다. 묘지마다 놓여있는 빛바랜 사진 속 얼굴은 웃는 얼굴뿐인데 참으려 해도 눈물은 뚝뚝 떨어지고 있었다. 내가 느끼는 슬픔도 이러한데, 광주의 시민들은 나로서는 말로는 표현하지 못할 커다란 슬픔을 곁에 두고 지내는 것 같았다.

헬리콥터의 총탄에 맞선 10층 규모의 전일빌딩 옥상에 올랐다. 정적이 흐르는 텅 빈 도청 앞 광장 뒤로 보이는 전남대학교병원은 상처 입은 사람들로 전쟁이다. 손이 묶인 채 피 흘리는 청춘들이 점

전일빌딩에서 바라본 옛 전남도청

전일빌딩 실제 총탄자국   전일빌딩 사진

점이 박혀 있고 몽둥이를 휘젓는 푸른 군복이 질주한다. 왜곡이라는
글자는 시뻘겋게 도청 건물에 물들었고 자유를 외치는 함성이 순식
간에 금남로를 가득 메웠다. 검푸른 무등산은 항쟁의 현장을 똑똑히
기억하려 온몸으로 바라본다.

무 등 산 아

김 차 중

강철로 짓이겨도 울려 퍼진 함성을
메아리로 들려주오
전쟁처럼 잔혹했던 빠알간 봄을
천천히 읽어주오
밝은 곳으로만 가려 하지 않는 세상과
배워야 할 것을 배우지 못하는 청춘에게
당신의 이야기가 필요하오

거센 태풍이 와도
망월동 묘비 앞 웃는 사진 한 장 뒤집지 못함을
진실에 부대끼는 자들은 알 일이 없잖소

화순 가는 너릿재에는
젊은 영혼들의 말소리가 들린다는데
너릿재는 당신의 품속에 있잖소
서둘러서 그들을 내어주오
청년들의 할미 속이 타들어 가고,
도란도란 이야기 나누는
망월에서 동무들이 같이 살아보자고 하오

**광주에서 화순으로 가는 길목 너릿재에는 암매장의 의혹 있어
발굴하고 있다고 하는데 아직 발견되지 않고 있다고 한다.

    박물관이란 중요한 물품들이 전시된 공간이기도 하지만, 모든 유물을 눈에 담기는 힘들다. 그래서 짐작되는 구성물에 따라 어떤 전시품은 지나치게 마련이다. 여행도 그렇다. 여행은 시간의 총량이 한정되어 여정에서 자주 밀려나는 곳은 박물관의 몫이 되곤 하였다. 그러나 이번만은 특별한 박물관을 일정에 포함했다. 과거의 삶의 물건을 전시해놓은 대의동에 있는 비움박물관을 찾은 이유는 그 소박한 이름에 이끌렸기 때문이다.

    4층 건물의 박물관은 그 이름과 달리 전시물들이 가득 차 있었다. 박물관에 들어서자마자 뜻밖의 행운이 찾아왔다. 이곳을 설립한 이영화 관장이 박물관에 머물러 계셨다. 관장님은 "채워지고 채움으로 비워지는……" 이라고, 마음을 비워야 행복이 채워질 수 있다는 그런 말씀으로 설명을 시작하였다. 1층부터 4층까지 박물관 안내를 한 시간 가까이 자세한 설명을 들을 수 있었다.

    전기와 기계가 익숙하지 않던 시절의 유산이 가득 차 있다. 나의

비움의 물건들-베개

비움의 물건들-돗자리틀

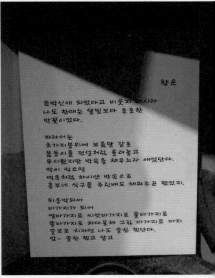

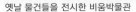
옛날 물건들을 전시한 비움박물관 　　　　　　　　이영화 관장의 시 〈쪽박〉

할아버지와 할머니가 사용했을 만한 물건들이다. 전시품들은 이영화 관장이 직접 풍물시장에서 구입하고, 버려지고 낡은 것들을 주워 모아서 분류한 물건들이라고 한다. 족히 수만 점은 되는 것 같다. 여기에서 물건들을 골라 시골 기와집에 들어가 살아도 모자랄 물건이 없을 만큼 충분할 것 같은 생각이 든다. 이곳에서 처음 본 낯선 물건들과 어릴 적 보았던 물건 사이에 서서 내가 살았던 시간의 금을 그어본다.

관장님께서 지은 수십 편의 시가 이쁘장한 글씨로 전시 물품 사이사이에 전시되어있다. 너무 곱고 이쁜 시들이어서, 소개하기 위해 한두 편 고르기가 참 어렵다. 전시된 시 중에서 〈지나온 길〉이라는 제목의 시를 적어본다.

지 나 온 길

향운 이 영 화

겁에 질려 떠내려온
자갈길에서도
숨차 오르던 깔끄막 길에서도

사람다운 사람 만나면
삶은 늘 살맛이었고
사람답지 못한 사람 만나면

삶은 꼭 죽을 맛이었네.

오늘 만난 젊은이에게
나는 살맛이었을까
젊음과 함께 지나온 길
아~ 아름다웠네.

더 늙기 전에
나 이제 조금씩 조금씩 간격을 두고
남아있는 시간을
천천히 천천히 천천히
걸어서 가려하네.

관장님은 광주시장에게 시내의 간판 글을 모두 한글로 사용하자고 제안하였다고 한다. 그 이야기를 듣고 우연처럼 아주 흐릿하게 나의 뇌리에 김현승 시인의 〈가을의 기도〉가 떠올랐다. 그 시안에 한글에 대한 애착이 담긴 구절이 있기 때문이었다. 김현승 시인의 고향은 평양이지만, 이 도시는 김현승 시인이 어린 시절부터 목회자인 아버지를 따라 정착하여 자란 곳이기도 하다. 또한 성인이 된 후 광주로 다시 찾아와 숭일학교 교사와 조선대 교수 등을 지내며 문학 활동을 펼쳤던 곳이다. 마침 저녁이 되어 숙소로 예정된 호남신학대학교 기숙사를 찾았는데, 그 앞에 시인의 시비가 인연처럼

광주의 간판들-민속주점 예술

광주의 간판들-별이 빛나는 밤에

광주의 간판들-영원히 흥한다는 영흥식당

광주의 간판들-오월밥집

서 있었다. 게다가 학교 앞 동네인 양림동은 김현승 시인의 흔적으로 인해 시인의 마을로 불리고 있었다. 시비에 새겨 있는 시 또한 〈가을의 기도〉였다.

첫 번째 시 〈무등산아〉는 결코 시를 짓지 않고 지나칠 수 없었고, 두 번째 시 〈지나온 길〉은 미련한 내 가슴에 새길 시였고, 세 번째 시 〈가을의 기도〉는 인연처럼 서 있는 시였다.

광주는 나에게 시를 품고 있는 마을이었다. 언제 오더라도 들를 곳이 있는 마을이 되었다.

잘 계시오! 광주!

호남신학대 기숙사 앞 김현승 시인 기념비

강화도에서 만난 시인들

굵게 자란 소나무 군락을 지나 정족산성 남문으로 들어가면
700년 된 은행나무가 호위무사처럼 장엄하게 길목을 지키고
있다. 사찰의 왼쪽 오솔길을 따라 요사채에 이르면
뒤뜰 너머로 수목장이 펼쳐져 있다.

정족사고로 이어진 오솔길

　강화도 깊은 곳에는 시인들이 머무는 사찰이 있다. 서기 381년 고려 시대 소수림왕 때 창건된 전등사가 그곳이다. 처음의 이름은 진종사로 불리었지만 충렬왕의 비 정화공주가 옥으로 만든 등을 이곳에 두어, 그때부터 전등사(傳燈寺)의 이름으로 불리고 있다. 전등사는 정족산성으로 둘러 있는데 이 산성은 오로지 전등사만을 감싸고 있는 산성이다. 단군이 세 아들에게 명령하여 정족산성을 쌓게 했다는 이야기가 전해지고 있는 것처럼 이곳은 아주 오래된 산성이다.

　사찰의 뒤쪽 언덕길 넘어 그리 깊지 않은 곳에 조선왕조실록이 보관되어 있었던 정족사고가 위치한다. 정족사고 내에는 두 개의 건물이 있다. 왼쪽 건물 장사각은 조선왕조실록을 보관하였던 곳이고, 오른쪽 건물 선원보각이 왕실의 족보를 보관했던 곳이다. 1660년부터 1910년까지 이곳에 보관하고 있던 조선왕조실록은 지금은 서울대학교 규장각에 이전되어 보존되고 있다.

굵게 자란 소나무 군락을 지나 정족산성 남문으로 들어가면 700
년 된 은행나무가 호위무사처럼 장엄하게 길목을 지키고 있다. 사
찰의 왼쪽 오솔길을 따라 요사채(스님들이 거처하는 시설)에 이르
면 뒤뜰 너머로 수목장이 펼쳐져 있다. 멀찍이 서서 보면 그저 울창
한 숲의 모습으로 보인다. 숲의 앞자락에 사찰을 굽어보고 있는 아
름드리 소나무 한 그루가 있다. 이 소나무가 바로 501호 오규원 시
인의 수목장이다.

오규원 시인은 1964년 〈겨울 나그네〉로 현대문학에 추천을 받고
68년 〈몇 개의 현상〉으로 등단하였다. 그는 1941년 밀양에서 출생
하여 2007년 2월 2일 만성 폐기종으로 세상을 떠났다. 오규원 시
인이 의식을 잃기 전 간병 중이던 제자 이원 시인의 손바닥에 마지

오규원 시인의 수목장 전경

501호 오규원 시인의 수목장

막 글귀를 남겼다고 하는데 다음의 글이다.

"한적한 오후다. 불타는 오후다. 더 잃을 것이 없는 오후다. 나는 나무속에서 자 본다."

이렇게 오규원 시인은 그가 남긴 글처럼 전등사 뒤편 소나무 아래 고이 잠이 들었다.

내가 처음으로 접한 오규원 시인의 책은 1990년에 발행된 『현대 시작법』이다. 대학 시절 이 책을 끌어안고 처음으로 시를 쓰는 지침서로 삼고 공부하였다. 이 책을 탐독하지 않고는 도저히 시에 대한 자신감을 가지지 못할 것 같았던 시절이었다. 직접적인 가르침을 받은 것은 아니지만 그의 책으로 공부를 하였으니 나 또한 그의 영향을 받지 않았다고 할 수 없다. "오규원 시인은 나에게도 스승"이라 말하고 싶은 것이다. 이 책은 30년이 더 지난 지금까지도 시를 배우는 사람들에게 필독서가 되고 있다.

오규원 시인의 작품 중 수많은 여성이 시 속의 주인공이 되고 싶어 했던 작품 하나가 있다. 1978년 출간된 『왕자가 아닌 한 아이에게』 시집에 수록된 〈한 잎의 여자〉라는 시다.

오규원 시인의 오른편에는 김영태 시인의 수목장이 있다. 오규원 시인은 501호, 김영태 시인은 502호 느티나무 아래 잠들어 있다.

김영태 시인은 1936년 종로구 필운동에서 태어나 홍익대 서양학과 제학 시절 사상계에 시 〈시련의 사과나무〉 등의 작품으로 등단하였다. 1968년 황동규, 마종기 시인과 함께 3인 공동시집 『평균율1』을 출간하였고 시집으로는 1965년 『유태인이 사는 마을의 겨울』을 시작으로 2005년 『누군가 다녀갔듯이』를 마지막으로 10권

한 잎의
여자   오규원

나는 한 여자를 사랑했네. 물푸레나무 한 잎같이 쬐그만 여자, 그 한 잎의 여
자를 사랑했네. 물푸레나무 그 한 잎의 솜털, 그 한 잎의 맑음, 그 한 잎의 영
혼, 그 한 잎의 눈, 그리고 바람이 불면 보일 듯 보일 듯한 그 한 잎의 순결과
자유를 사랑했네.

정말로 나는 한 여자를 사랑했네. 여자만을 가진 여자, 여자 아닌 것은 아무것
도 안 가진 여자, 여자 아니면 아무것도 아닌 여자, 눈물 같은 여자, 슬픔 같은
여자, 病身 같은 여자, 詩集 같은 여자, 그러나 누구나 가질 수 없는 여자, 그
래서 불행한 여자.

그러나 영원히 나 혼자 가지는 여자, 물푸레나무 그림자 같은 슬픈 여자.

이 넘는 시집을 출간하였다.

그는 또한 무용평론가회 회장과 국제무용제 등의 심사위원을 맡
을 만큼의 여러 예술 장르에서도 이름이 나 있는 시인이다. 그의 시
에는 그림과 춤을 소재로 한 시들이 아주 많다. 모든 시에 그림과 춤
을 끌어들여 시를 썼다고 해도 억지는 아닐 것이다. 그의 시에 대한
장경린의 서평 중에는 '좋은 글은 심지어는 평론마저도, 마치 춤처
럼 보인다.'라고 표현한 글이 있다. 그의 시집을 읽다 보면 잘 꾸며
진 무대 위에 시의 이야기가 펼쳐져 있는 듯한 느낌이 들 때가 많다.
그는 시와 그림과 춤의 세 가지 장르를 혼합하여 마치 하나로 구현

하듯 작품을 만들어 내었다. 그는 무용을 '인체의 시'라고 표현하기도 했는데, 대표 시 〈그늘 반근〉은 국립발레단 무용수 한금련 선생의 1993년 개인 발표 공연의 제목으로도 쓰였다고 한다.

'보일락 말락한 사람', '초속주의자', '미학추구자', 김종삼 이후

그늘
반근 2   김영태

슬픔을 저울에 달 때
한 근! 하면 어색하다
반근이면 족하다
(한근은 너무 많지)
반근, 젊어지긴 틀린 이 미지수
내리막길을 찬란하게
미지수가 그 동안 미지수를 가꿨듯이

김영태 시인의 수목장 전경   502호 김영태 시인의 수목장

문단의 마지막 보헤미안', '눈 감고 걸어간 몽상의 나그네' 등은 김현, 마종기, 김인환 시인 등이 그를 표현한 말들이다. 정작 그는 '아름다움을 훔치는 사람'이라고 스스로 표현했다. 다른 사람들의 눈에 비친 그의 삶은 참으로 독특했나 보다. 주변의 모든 아름다움을 끌어내듯 서 있는 김영태 시인을 닮은 느티나무 아래 그가 고요히 잠들었다.

서쪽 바다에서 불어오는 바람이 전등사 오솔길을 거슬러 올라 두 시인의 나무 아래 맴돈다. 먼 곳에서 찾아온 사람들에게 잘도 왔다고 등을 토닥거린다.

전등사를 뒤로하고 강화도의 해안도로를 따라 건평항을 바로 지나면 해맑게 웃으며 서쪽 하늘을 바라보는 천상병 시인의 동상이 있다. 바닷길 한쪽을 틀어 자리 잡은 "천상병 귀천공원"이다.

천상병 시인은 일본에서 태어나 1945년부터 마산에서 지냈다. 그는 서울대학교에 입학했지만 중퇴 후 문학에 전념한다. 천상병 시인은 고향 갈 돈이 없어 고향이 그리울 때마다 이곳 강화에 와서 고향 생각을 했다고 한다. 동백림사건의 누명으로 모진 고문을 받고 힘든 상태에서 쓴 〈귀천〉은 이곳 건평항의 한 주막집에서 탄생한 시라고 한다.

천상병 시인의 귀천을 다시 가슴에 안아보고, 시인의 동상 어깨에 기대어 보기도 하고, 그의 꾸밈없고 하얀 웃는 표정 앞에서 그와 같은 웃음을 지어보기도 한다.

노을빛 물들 때 이곳에 와서 하늘을 보며 술잔을 들었을 천상병 시인과 나란히 앉아 점점 붉은 빛으로 넘어오는 석양을 한참을 바라다본다.

귀천공원의 천상병 시인 동상

가을 산책

김 차 중

밤 하늘 별을 보고 별이 된 단풍잎이
햇볕을 일군다.
별똥별을 받아서 매단 잣나무가
초록빛 그늘을 드리운다.
담쟁이는 하늘소를 따라가다
소나무 등허리에 발길을 남겼다.
하얀 낮달에 새겨진 그림자를
계수나무가 그리워하고
상수리나무는 열매를 떨어트려
타닥타닥 산등을 두드린다.

길가에 내려앉은 낙엽들의 이야기가
바람에 사각거린다.
책갈피에 꽂을 고운 잎을
골라 주워 먼지를 턴다.

까마귀 한 마리와 까치 한 마리가
겨울을 날 둥지에 쓸
마른 나뭇가지를
입에 물고 날아간다.

가
을

슬프게 서서 사슴을 노래한 여인 노천명

이름 없는 여인이 되어 좋은 사람과 살고 싶다던 그녀의 소망
은 끝내 이루어지지 못했다. 하지만 그녀의 시는 외로워하는 사
람들, 그리움에 목멘 사람들의 마음에 지금도 깊은 감동과 여운
을 남겨주고 있다.

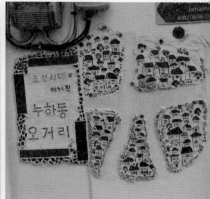

노천명 시인이 살던 집 이화한옥   누하동 오거리

  경복궁역에서 내려 사직공원에서 시작되는 필운대로를 따라
300m를 들어가면 동네에서 유일한 한옥이 있다. 누하동 225-1번
지, 노천명 시인이 1957년 6월 세상을 떠날 때까지 살았던 곳이다.
이곳이 지금은 '이화한옥'이라는 게스트하우스로 운영되고 있는데
노천명 시인이 살았던 집을 개보수 한 것이다.

  노천명 시인은 〈사슴〉으로 잘 알려져 있다. 과거 70년대 청춘 영
화들 속에서 자주 이 시가 읊어졌을 정도로 젊은 사람들에게 인기
가 많았던 시이기도 하다.

  노천명 시인은 1911년 황해도 장연군 순택면 비석포리에서 둘
째 딸로 태어났다. 이곳은 우리나라 최북단의 섬인 백령도와 마주
하는 곳으로 남한과는 멀지 않은 곳이다. 노천명 시인의 태어날 때
지어진 이름은 '기선'이었다. '천명(天命)'은 어릴 때 홍역으로 목숨
을 잃을 뻔하다가 살게 된 후, '타고난 수명대로 살아라'라는 뜻으
로 다시 지어진 이름이다.

그녀는 아버지가 사망하면서 아홉 살 때부터 어머니 언니 오빠와 함께 종로구 체부동에서 살게 된다. 체부동은 후에 그녀가 살게 되는 누하동과 이웃하는 동네이다. 그 집에 사는 동안 진명보통학교와 진명여고, 지금의 이화여대인 이화여자전문학교까지 졸업을 하게 되니 그녀의 삶 대부분을 이 부근에서 지낸 것이라고 할 수 있다.

1930년 진명여고를 졸업하던 해 어머니마저 사망하게 된다. 이 때부터 그녀의 얼굴에 슬픔이 가득 서리게 된 것 같다. 진명여고 3학년 때 언니 노기용이 변호사와 결혼을 하였는데, 다행스럽게도 이때부터 언니가 그녀의 학비와 생활비를 맡아주어 대학까지 마치게 된다.

대학 시절에는 변영로, 김상용, 정지용 시인의 지도를 받았으며, 대학생 신분으로 신동아 6월호에 〈밤의 찬미〉를 발표하면서 문단에 등단하게 된다.

시인은 1934년 조선중앙일보 기자로 4년간 근무하게 되는데, 이 때 대표작 〈사슴〉을 발표한다.

사 슴   노천명

모가지가 길어서 슬픈 짐승이여
언제나 점잖은 편 말이 없구나

관이 향기로운 너는
무척 높은 족속이었나 보다

물속의 제 그림자를 들여다 보고
잃었던 전설을 생각해 내곤
어찌할 수 없는 향수에
슬픈 모가질 하고 먼데 산을 바라본다

이 시는 백석을 노래하는 시가 아닐까 하는 추측이 많다. 천명은 백석을 마음에 두었는데 백석은 노천명 시인을 안중에 두지 않은 모양이다. 이와는 반대로 시인 김기림은 노천명 시인을 마음에 두었으나 그녀는 이에 또한 대꾸도 하지 않았다고 한다. 김기림이 싫어서가 아니라 먼저 백석이 눈에 들어와 이미 마음속에 자리하고 있었기 때문이었을 것이다. 이 시가 과천 서울대공원의 산책로 한쪽에 시비로 설치되어 있어서 살짝이 웃으며 걸었던 적이 있다.

그 뒤 그녀는 1938년 조선일보 여성편집부에 취직하게 된다. 1943년 조선일보가 폐간되고 총독부 기관지인 매일신보 학예부 기자가 되어 〈승전의 날〉, 〈출정하는 동생에게〉, 〈진혼가〉 등의 친일적인 시를 발표한다. 그녀가 훗날 가슴을 치고 후회하게 되는 친일의 흔적을 남기고 말았다. 시인의 매일신보 시절 선임자가 자리를 떠나게 되어 그 선임이 써야 할 시를 대신 썼다고 하는데, 단지 업무로만 생각한 터무니없는 착각으로 친일의 행위를 저지른 것이다.

한국전쟁 당시에는 피난을 가지 못한 채 월북시인 임화, 김사량 등이 주도하는 조선문학가동맹에 가입하여 문화인총궐기대회 등의 좌익 행사에 참여하게 된다. 얼마 지나지 않아 유엔군이 서울을 수

복하자 그 일이 발각되어 좌익분자혐의로 20년 형을 선고받았는데, 다행스럽게도 김광섭 시인을 비롯한 여러 문인의 구명운동으로 6개월 만에 석방되었다. 이때의 복역 기간에 쓴 노천명의 시에는 몸과 정신이 너무도 힘든 나날이었음이 나타나 있다.

노천명 시인은 자존심이 강하고 결벽증을 지닌 여성이었다. 자부심도 대단하였고 세상과 타협하지 않는 자신을 높은 족속, 외로운 존재로 생각하였다.

'다문 입은 괴로움을 내뿜기보다는 흔히는 혼자 삼켜 버리는 서글픈 버릇이 있다. 세 온스의 살만 더 있어도 무척 생색나게 내 얼굴에 쓸 데가 있다는 것을 잘 알건만 무디지 못한 성격과는 타협하기가 어렵다. 처신을 하는 데는 산도야지처럼 대담하지 못하고 조그만 유언비어에도 비겁하게 삼간다. 대처럼 꺾어는 질지언정 구리처럼 휘어지며 꾸부러지기 어려운 성격은 가끔 자신을 괴롭힌다.'

-노천명의 수필 〈자화상〉 중에서-

가톨릭의 신도인 아버지의 영향이었을까, 노천명은 종로구 가회동성당에서 베로니카라는 세례명을 받고 독실한 천주교 신도가 된다. 그녀의 말기에 속하는 1953년에 발표한 세 번째 시집에는 고통속에서 희망을 노래한 시들이 많이 담겨 있다. 종교에 대한 믿음이 많은 위로를 주었는지 그 이전의 작품보다 훨씬 다채롭고 희망적인 글들이 나오기 시작한다.

이름 없는 여인이 되어

노천명

어느 조그만 산골로 들어가
나는 이름 없는 여인이 되고 싶소
초가지붕에 박넝쿨 올리고
들장미로 울타리를 엮어
마당엔 하늘을 욕심껏 들여놓고
밤이면 실컷 별을 안고
부엉이가 우는 밤도 내사 외롭지 않겠소

기차가 지나가 버리는 마을
놋양푼의 수수엿을 녹여 먹으려
내 좋은 사람과 밤이 늦도록
여우 나는 산골 얘기를 하면
삽살개는 달을 짖고
나는 여왕보다 더 행복하겠소

노천명 시인이 다녔던 가회동성당

이름 없는 여인이 되어 좋은 사람과 살고 싶다던 그녀의 소망은 끝내 이루어지지 않았다. 하지만 그녀의 시는 외로워하는 사람들, 그리움에 목멘 사람들의 마음에 지금도 깊은 감동과 여운을 남겨주고 있다.

불행하게도 시인은 영양결핍으로 인한 빈혈이 원인이 되어 세상을 떠나게 된다. 평소에 큰 수입도 없었고 입는 것과 먹는 것을 아끼며 생활했다. '지금 있는 대로 먹어버리면 늙어서는 어떡하지?' 하면서 그는 입가에 쓸쓸한 웃음을 그리기도 했다고 한다. 살아가는 데 먹을 것이 다 없어질까 두려워 육식은 물론이고 달걀 하나까지도 아끼며 살았다.

그 당시 대형병원이었던 청량리위생병원에 입원했을 때의 일이다. 병중에도 청탁원고를 쓰거나 사색에 잠겨있을 때는 병실 불을 켜놓았는데 간호원이 '불을 끄지 않는 방은 죽은 사람 방밖에 없어요!'라며 불을 꺼달라고 하고 간 일이 있었다. '왜 하필 죽은 사람 이야기를 나한테 하지'하며 그날 밤 한숨도 잠을 이루지 못했다고 한다.

거동을 하게 되자 서둘러 퇴원을 했지만, 다시 병세가 악화하여 택시를 타고 청량리까지 이르자 '내가 정신이 나갔지, 돈 나올 데도 없으면서 무슨 입원이야!'하고 뒤돌아왔다는 이야기도 전해진다.

그녀의 안타까운 소식을 듣고 문인들은 푼푼이 돈을 모아 치료비를 마련해 주었다. 그 돈으로 치료를 잘 받아 병세가 호전된 것처럼 느껴지자 '완쾌하면 그리운 거리, 그리운 얼굴들을 볼 수 있겠지.' 하고 나갈 옷도 말쑥이 준비해서 벽에 걸어 놓았다고 한다. 그러던 그녀가 3일 후 6월 16일 새벽 갑자기 세상을 떠나고 만다. 돈이 없어서 제대로 된 진료를 받지 못했던 길었던 기간이 사망의 직접적인 원인이 되고 만 것이다.

고양시 대자동에 있는 "가회동천주교묘지"에 들어섰다. 비교적 높은 언덕에 자리한 그녀의 묘소가 나타났다. 묘비는 건축가 김중업이 디자인하였고, 묘비 뒷면에는 그녀의 시 〈고별〉이 서예가 김충현의 글씨로 새겨져 있다.

| 고 | 별 |

노천명

눈물 어린 얼굴을 돌이키고
나는 이곳을 떠나련다
개 짖는 마을이
닭이 새벽을 알리는 초가들아
잘 있거라

별이 있고
하늘이 보이고
거기 자유가
닫혀지지 않는 곳이라면

그녀가 누워있는 곳에서 남쪽을 바라본다. 한강을 넘어 충분히 먼 곳까지 시야가 트여있다. 붉은 단풍이 그곳으로 살살 물들어 간다.

제단 앞 노란 국화꽃이 소담스럽게 피었다. 노랑색 등불이 되어 그녀의 곁에서 묘소를 환하게 비춘다. 일제와 한국전쟁의 아픔 속에서 끝내 고독하게 살다가 가버린 가엾은 여인을 그녀의 허락 없이 가슴속에 품는다.

노천명 시인의 묘비

묘비석 뒷면의 시 〈고별〉

묘소에서 내려다보이는 풍경

강진, 다산의 흔적을 거닐며 다산의 이야기를 듣는다

다산초당에 가려면 귤동마을을 지나야 한다. '만덕슈퍼' 라는 허름한 입간판이 있는 곳부터 귤동마을이다. 배수로가 없는 경사진 도로를 따라 마을길에 오른다. 비가 와서 물이 도로 위로 천천히 흘러내려 시골길을 걷는 어릴 적 향기를 불러일으키는 길이다.

영암의 월출산(810m)과 해남의 두륜산(700m) 그리고 장흥의 천관산(724m)의 정상을 선으로 연결하면 강진군이다. 정확히 일치하지 않지만 다른 사람에게 그쯤 이야기하면 강진의 위치를 비교적 정확히 설명했다고 말할 수 있을 것이다. 어느 방향에서든지 세 개의 봉우리 중 하나만 찾으면 강진을 찾을 수 있다.

강진을 말할 때 다산 정약용의 이야기는 꼭 챙겨 넣어야 할 이야기이며, 정약용을 말할 때 강진에서의 삶 또한 필수적인 이야기가 아닐까 한다. 정약용의 18년간의 귀양살이 이야기를 듣기 위해 '남도 답사 1번지'라 일컫는 강진을 걷는다.

사의재

동문샘과 사의재 가는 길

　강진은 한양에서 먼 거리에 있고 바다를 끼고 있어 조선 시대의 단골 귀양지였다. 1801년 정약용은 그의 반대 세력이 일으킨 신유옥사에 걸려들어 강진으로 유배를 떠난다. 신유옥사는 천주교를 믿는 사람들을 찾아내어 극형으로 처벌한 사건인데 이 사건으로 둘째 형 정약전은 흑산도로 떠나고 다산은 이곳 강진에 귀양을 가게 된다.

　정약용은 강진군 내의 동문 밖 주막집에서 4년, 고성사 보은산방에서 1년, 제자 이학래의 집에서 2년, 다산초당에서 11년, 합하여 18년간을 강진에서 유배 생활을 한다.

　첫 번째 거처 주막집은 할머니의 배려로 4년 동안 기거할 수 있었던 곳이었는데 그에게 호의를 베풀어 준 할머니에게 감사의 뜻으로 사의재(四宜齋)라는 당호를 지어주었다. 사의재란 '마땅히 지켜야 할 네 가지'라는 뜻으로 올바른 생각, 용모, 말씨, 행동을 가리킨다. 그 주막집은 동문샘 근처에 사의재와 함께 복원되어 있고 그 주변은 찻집과 식당으로 운영되고 있다. 동문샘은 마을의 공동 우물인데 마을 주민이 죽거나 아이가 태어났을 때 반드시 물이 하늘색으로 변했다가 다시 맑은 물로 변했다는 설화가 얽혀 있다. 이 전설이 이곳에 남아있음으로 인하여 샘이 기억되고 복원될 수 있는 중요한 역할을 한 것 같다.

동이 트기전 다산초당 길목에 들어섰다. 다산초당에 가려면 귤동마을을 지나야 한다. '만덕슈퍼'라는 허름한 입간판이 있는 곳부터 귤동마을이다.(가게 건물 위의 간판은 떨어져 나갔고 건물도 낡아 보이지만 사람들이 드나드는 마을 입구에 있어 앞으로도 오랫동안 문을 닫지는 않을 것 같은 생각에 가게의 명칭을 적었다.) 배수로가 없는 경사진 도로를 따라 마을길에 오른다. 비가 와서 물이 도로 위로 천천히 흘러내려 시골길을 걷는 어릴 적 향기를 불러일으키는 길이다.

비 내리는 귤동마을 입구

귤동마을의 이정표 만덕슈퍼

다산초당 오르는 길

다산(茶山)은 정약용의 호로 널리 알려졌지만 자생적으로 자란 차 나무가 많아 붙여진 귤동마을 뒷산의 지명이다. 다산이 시작되는 즈음부터 다산초당에 오르는 길이라 짐작할 수 있을 만큼 길의 모습이 다른 산길과 다르다. 자연적으로 생성된 길처럼 보이지만 숨겨진 비밀의 장소가 나올 것만 같은 스산함이 몰려온다. 울창한 숲 자체에서 흩어져 나오는 짙은 서늘함이 때문일 것이다. 커다란 삼나무의 뿌리가 그물처럼 땅바닥에 드러나 있어 산책길로 생각하고 잠시 주변 경치에 한눈이라도 팔고 걷다가는 땅 위로 핏줄처럼 튀어나온 나무뿌리에 걸려 넘어질 수 있다. 고목을 베고 남은 그루터기들도 산재해 있다. 훼손된 흔적으로 보일 수 있지만, 수많은 나무뿌리가 땅을 모두 덮기 전 드러난 나무뿌리들을 없애기 위함일 지도 모른다.

쉰 걸음 정도 걸으면 오른편에 평평하게 꽤 넓은 면적을 차지하고 있는 묘소가 있다. 낮은 언덕 위로 눈을 익살스럽게 치켜뜬 두 개의 동자상이 봉분의 좌우에서 서로 마주하고 서 있다. 이 봉분은 정약용의 외가 친척이자 제자인 윤종진 부부의 합장묘다.

다산초당은 정약용이 기거하기 전부터 정약용의 어머니 해남 윤씨 문중 윤단(尹慱)의 서고와 정자가 있던 곳이다. 윤단은 윤종진의 조부이며, 윤단과 그의 아들 윤규로는 정약용을 다산의 산정으로 인도한 사람이다. 이 묘지는 그 윤규로의 아들 윤종진의 것이다.

유배를 마치고 한양으로 온 정약용은 그를 찾아온 윤종진에게 '순암'이라는 호를 지어준다. 이때 호를 내려주면서 쓴 문서에는 〈다산사경〉이라는 네 수의 시가 따라 적혀있다. 아마도 호를 지어주면서 고향에 내려가면 다산사경을 잘 보존해 주라는 부탁의 의미로 썼을 것이다.

미소 짓는 동자상

윤종진의 묘

다산이 직접 정석(丁石)이라고 새긴 바위, 물을 찾던 중 땅이 축축하여 파보니 석간수가 흘러나와 조성했다는 약천(藥泉), 연못 중앙에 돌로 만들어 쌓아 올린 석가산(石假山), 그리고 초당 앞에 있는 솔방울로 불을 지펴 차를 달였던 평평한 바위인 다조(茶竈)가 바로 다산사경이다. 다산사경은 후대에 부쳐진 이름이 아니라 정약용이 뿌듯함을 느끼면서 만든 네 가지 보물이었다. 이 네 가지 보물은 모두 다산초당에서 몇 발짝씩 떨어진 주변에서 모두 찾을 수 있다. 정약용이 다산초당을 강진 유배 생활의 네 번째 거처로 삼고 우물과 연못을 만들며 초당 주변을 가꾼 흔적들이다. 정약용은 이 연못에 잉어 두 마리를 키웠다고 한다.

석가산과 다산초당

우리나라 녹차의 본고장은 이곳 강진이다. 우리나라 다도계의 스승으로 불리는 초의선사는 정약용을 스승으로 섬기며 그에게 유학과 실학을 배운 승려이다. 두 사람은 우리나라 다도를 정립한 최초의 인물이다. 다산은 『경세유표』에 실려있는 〈각다고〉편을 지었고 초의선사는 『동다송』을 저술하며 우리나라의 다도의 기틀을 구축하였다. 〈각다고〉는 차에 대한 국가적 전매정책을 통하여 무역을 제안한 내용이고, 『동다송』은 우리나라 차에 대한 애찬과 제조법 등의 내용을 담고 있는 책이다.

정약용의 호는 여유당과 사암을 비롯하여 20개가 넘는데 다산은 다산초당에 거처했을 때만 이 호를 사용하였다. 정약용은 호 대부분을 거처와 관련된 지명을 사용하거나 본인의 학문적 상황에 따라 달리 사용했기에 그 수가 많다. 그 많은 호 중에서 후대에 지금껏 다산으로 불리고 가장 오래 사용되는 호라는 점은 강진과의 끈끈했던 인연을 느끼게 해주는 반영과 같다. 또한 다른 호와는 달리 그의 고달픈 긴 세월이 물들어 있는 것 같아 더욱 애틋하다.

다산초당과 다조

소박한 기와지붕을 얹은 초당 앞마당에 들어섰다. 동이 텄을지도 모를 큰 비가 쏟아지는 새벽, 아무도 없다. 이 경내에 나 혼자 머물고 있다. 어젯밤부터 내린 비로 인적까지 씻겨 나간듯하다.

한적함의 극치일 수 있지만 김정희의 글자들을 가져다 모은 현판의 글씨체며, 집에서 뒷마당을 통하여 나온 굴뚝 위에 얹어있는 작은 기와집이며, 졸졸졸 연못에 흐르는 대나무를 타고 오는 물줄기며 친근하고 재미있는 장치물들이 이곳을 심심치 않게 해주고 있다.

초당(草堂)이란 한자대로 작은 초가집을 말한다. 하지만 1958년 복원된 다산초당의 복원된 모습은 기와집이다. 유적지를 복원한 곳을 가보면 초가집을 기와집으로 복원한 곳이 대부분이다. 초가집은 해마다 지붕을 다시 만들어야 하고, 빈번한 관리가 필요하므로 기와지붕으로 복원하는 경우가 많다. 복원의 효과는 덜 하겠지만 그 수고스러움을 따지지 않을 수 없으니 이해가 가는 부분이다.

김정희 글씨를 집자한 다산초당 현판

초의선사가 그린 다산초당 전경

김정희의 글씨 보정산방

　본래의 모습인 다산초당의 옛날 초가집 모습이 궁금했는데 다행히도 초의선사가 그린 그림을 찾아볼 수 있었다. 초의선사는 추사 김정희와 정약용을 자주 찾아가 다도를 즐겼다고 한다. 김정희가 유배를 마치고 한양으로 돌아가서 초의선사에게 보낸 편지에는 '나에게 차를 중독시켰으니 차를 보내주지 않으면 내려가서 차밭을 모두 밟아 망쳐 놓겠다.'라고 쓴 능청스러운 대목도 있다.

　초당에는 또 다른 보물이 있다. 각 방문 위에 걸린 세 개의 현판이다. "다산초당(茶山草堂)"의 글자는 추사 김정희의 글자인데 네 글자의 균형과 조합이 어설퍼 보인다. 김정희의 글자 중 네 글자를 찾아서 모아 놓았기 때문이다. 이 현판은 1957년 초당을 복원할 때 목수였던 이두만 선생이 고서화가 김영하 선생의 의견으로 김정희의 글씨를 집자하여 현판을 제작한 것이다. 초당 동쪽 건물 동암에 걸려있는 다산동암(茶山東庵)이라는 현판은 정약용의 글씨이고 보정산방(寶丁山房)은 김정희의 글씨이다.

초당을 지나 백련사로 가는 길에는 구강포가 내려다보이는 곳에 천일각이라는 정자가 있다. 구강포(九江浦)는 강진만으로 아홉 개의 강물이 모인다는 데서 붙여진 강진만의 또 다른 이름이다. 정약용은 이곳에 앉을 곳을 만들고 조수를 굽어보며 사람들을 그리워했다는 편지글이 있다. 또한 흑산도로 유배 간 형에 대한 걱정의 눈물도 흘렸을 것이다. 강진군에서는 정약용이 외로움과 그리움을 달랬던 그곳에 천일각이라는 아담한 정자를 만들었다. 그곳에 올라서면 길을 따라 흐르는 산바람과 강진만에서 올라오는 시원한 바닷바람을 느낄 수 있다.

다른 사람들의 인기척이 산 아래서 그들보다 먼저 길을 타고 오른다. 인적없는 유배지를 떠나기가 아쉬워 연못 안의 석가산을 살펴본다. 마당에 덩그러니 놓여있는 다조(茶竈)를 한참을 매만진다. 보슬비를 맞으며, 비와 함께 다시 동자상이 지키고 있는 윤종진 부부의 앞을 지나서 빗물처럼 다시 귤동마을로 거슬러 내린다.

정약용이 직접 새긴 글자 정석

천일각과 구강포

가을이 김제에 들면

김제는 높은 곳이 없다. 남동쪽의 모악산 자락만 제외하고는
그저 모두 평야다. 녹색과 황금색의 벌판이다. 이곳은 모두가 낮
거나 모두가 높다. 지위란 것은 없는 평등의 마을이다.

가을과 함께 김제에 가다

지평선의 마을 김제에 왔다. 전라북도의 서쪽에 바다와 맞닿아 펼쳐진 호남평야는 우리나라에서 가장 넓은 곡창지대이다. 호남평야에서 가장 큰 면적을 차지하는 곳이 바로 김제평야이다. 드넓은 평야에는 많은 이야기가 깃들어 있다. 나는 그 이야기를 찾으러 김제에 왔다.

벼가 노랑으로 바뀌기 시작한 것일까? 기차에서 내리자마자 코끝으로 전해오는 벼의 향기가 진하다. 정동진역에 내렸을 때 백사장과 그 건너 바다가 보이듯이, 김제역에서는 선로 밖으로 논의 바다가 펼쳐진다. 익어가는 벼의 향기가 드넓게 펼쳐진 평야에서 불어오는 바람에 실려 온다. 가을의 반가운 인사로 다가온다.

김제는 높은 곳이 없다. 남동쪽의 모악산 자락만 제외하고는 그저 모두 평야다. 녹색과 황금색의 벌판이다. 이곳은 모두가 낮거나 모두가 높다. 지위란 것은 없는 평등의 마을이다. 조정래의 소설 『아리랑』은 김제의 지평선을 다음과 같이 묘사하면서 시작한다. '넓은 들의 끝과 끝은 눈길이 닿지 않아 마치도 하늘이 그대로 내려앉은 듯싶었다.'

깊은 아픔, 기억해야 할 이야기들, 아리랑 문학마을

평화롭기만 해야 할 이 마을에는 가슴 아픈 불평등의 시대가 있었다. 소설 『아리랑』은 5,300페이지가 넘는 분량의 12권으로 출간된 가슴 아픈 우리 민족의 이야기이다. 소설은 일제 강점기 김제 지방의 이야기부터 시작된다. 그것이 "아리랑 문학마을"이 이곳에 설

아리랑 문학마을에 재현된 하얼빈역

아리랑 문학마을

립된 이유일 것이다.

　김제시 죽산면, 아리랑 문학마을은 소설 속의 장면이 그 흐름에 따라 이어진다. 길을 걸으면 보이는 것마다 일제의 잔상이 서려 있어 가슴이 먹먹해진다. 총칼 앞에서 부녀자들이 쌀에 섞인 돌을 골라내는 정미소가 보이고, 취조실과 고문을 위한 도구들도 설치되어 있다.

　일제 강점기에는 전라북도 농민들을 일만 잘하면 잘살 수 있다는 말로 꾀어내어 만주로 집단 이주시키는 일이 있었다. 농사에 능숙한 농민들을 보내어 농작물 생산량 증대를 극대화하기 위한 계책을 실현하기 위함이었다. 아리랑 문학마을 한편에 강제이주민의 집이 재현되어 있다. 앞마당에는 엎어진 두 개의 항아리만 덩그러니 쓸쓸하게 남아있다.

전시관 건물로 들어서면 소설 아리랑의 줄거리가 그 시대의 사진과 함께 요약되어있다. 오솔길을 지나가면 하얼빈역이 보이는데 역 뒤편에는 안중근 의사가 이토 히로부미를 권총으로 저격한 장면도 석조로 전시되어있다. 수많은 고초와 고난을 이겨내고 지금까지 고향에 남아 끝까지 농토를 일궈낸 호남평야의 눈부신 어르신들이 그저 고마울 뿐이다.

망해사가 석양에 물들면

김제는 모악산 품에 안긴 금산사로 유명하다. 그러나 나에게는 금산사보다 더 가보고 싶은 곳이 있다. 서쪽 바다를 바라보는 동화 속 풍경 같은 작은 사찰, 망해사다. 그곳으로 향한다.

일제 강점기 쌀 수탈의 현장

풍요로워서 서러운 김제

문학회 활동을 했던 대학 시절, 동인들과 함께 기회만 되면 시골 버스를 타고 논 사잇길을 죽죽 달려 이곳에 왔다. 망해사는 노을이 질 때까지 시를 쓰곤 했던 곳이다. 조금만 더 걸으면 심포항이 있어 저렴하면서 맛있는 해산물을 맛보는 것은 덤이었다.

　　망해사는 다른 절처럼 사천왕상이나 대문이 없다. 길 오른편 아래로 해우소가 덩그러니 보이면 절에 들어선 것이다. 경내에서 만난 한 어르신께 들은 이야기인데, 재래식 해우소 안에서 내다보이는 풍경이 이곳의 명물인 노을이 지는 풍경보다 아름답다고 한다. 1,400년 가까이 된 절의 역사를 견주어 보면 너무나 작은 절이라는 생각이 든다. 훨씬 큰 규모였는데 바닷물에 잠겨 많은 부분이 소실 되었다고 한다.

　　사찰 앞마당에는 430년 자란 팽나무 한 그루가 하늘빛을 모두 담아내고 있었다. 서로 부딪히는 나뭇잎들이 재깍재깍 소리를 내면 노을빛이 서쪽에서부터 조금씩 조금씩 구름을 타고 넘어온다. 갈대밭

망해사의 일몰

이 들녘 논보다 먼저 갈빛으로 물들어 간다. 백로 몇 마리가 물속을 멍한 모습으로 바라보고 있다. 하늘이 얼마나 넓은지 갖가지 구름이 같은 무늬끼리 옹기종기 모였다.

보물 천지 금산사에 가면 부자가 된다

새벽 3시 40분부터 수탉의 목청을 높이는 시간인가 보다. 강아지 한 마리가 그 소리에 깨었는지 같이 짖어댄다. 요란한 새벽이다. 바다에서 오는 바람으로 엷은 안개가 끼었다. 해는 아직 이지만 들판의 시야가 트인 탓에 어둠이 흘러가는 곳을 짐작할 수 있다. 평야의 새벽은 이런 모습으로 열리는 모양이다.

내장산의 내장사를 새벽녘에 걸었던 적이 있다. 어느 스님의 독경 소리가 산 벽을 두드리고 다가왔다. 세상 편한 명상을 길에 주저앉아 깊은 명상에 흠뻑 빠진일이 있었다. 금산사가 여정에 있는 이유로 멀지 않은 곳에 있는 내장사의 새벽이 문득 떠올랐다.

금산사를 감싸고 있는 모악산은 전주와 익산을 비롯한 인근 지역 주민들이 자주 찾는 곳이다. 나의 고향도 그 부근이라 친구들과 지인들이 모악산에 간다는 말을 자주 들었다. 금산사는 모악산 정상에 이르는 길목에 위치한다. 사찰 왼쪽으로 금동 계곡이 흐르고 오른쪽으로 금산사 계곡이 흐른다. 물 위로는 순천 선암사의 승선교 못지않은 아치형 교각의 다리도 있다. 해탈교다. 물가에 내려가서 사진을 찍지 못한 아쉬움을 서울까지 가지고 오고 말았다. 解脫橋라는 한자의 음을 알고 나서 다리를 건넜더라면 해탈을 시도하는 느낌이라도 있었을 텐데…….

국보 제62호 금산사 미륵전

금산사 해탈교

　옛 건축물이나 미술품 공예품들 가운데에서 역사적이거나 미술적 가치를 지닌 중요한 문화재를 보물로 지정하고, 그중에서 특별히 뛰어난 작품들이 국보로 지정된다.

　금산사는 국보 한 점과 보물 열 점을 소유하고 있다. 그 한 점의 국보는 커다란 미륵삼존불상이 서 있는 미륵전이다. 미륵전은 그 규모에 걸맞게 세 개의 현판이 걸려있다. 우리나라에서 유일하게 3층으로 된 불전인데 1층에는 '대자보전(大慈寶殿)', 2층에는 '용화지회(龍華之會)', 3층에는 '미륵전(彌勒殿)'이라는 현판이 걸려있다. 미륵불상은 "걱정하지 말고 나만 믿어, 내가 다 해결해 줄게." 하는 아버지 같은 표정으로 사람들의 소원을 듣는 중이다. 평일인 까닭에 푸른 독경 소리는 듣지 못하였지만 열 한 가지나 되는 국보와 보물을 모두 찾았다. 부자가 된 기분이다.

평야를 물들인 저수지를 감싸 안은 벽골제에서 지평선을 바라본다

서기 330년, 약 1,700년 전의 일이다. 제방의 길이가 일천팔백 보, 약 1.5Km에 이르는 큰 저수지가 백제의 국책사업으로 김제에 지어졌다. 조선 시대에는 둘레의 길이가 40Km까지 확장하였다고 한다. 드넓은 김제평야는 이미 고대부터 존재한 것이다. 김제는 우리 민족의 농경문화 중심지였을 뿐 아니라 농사를 최고로 삼은 우리의 역사에서 김제는 정치 문화 경제면에서 높은 위상을 가진 지역이었다.

벽골제에 올라섰다. 저수지가 있던 자리는 농토로 변하였지만 한눈에 저수지의 경계를 짐작할 수 있다. 각각 선과 악으로 구분되는 백룡과 청룡이 벽골제 속 설화가 되었고, 둑에 오르는 길옆에 여의주를 물고 커다란 조형물로 설치되어 있다. 벽골제는 우리 농경문화의 상징인 곳이다. 노령산맥에서 서해로 이어져 나오는 평야 지대는 벽골제를 축조하게 하였고, 벽골제는 김제평야에 물을 대어 농경문화의 중심지를 만들었다. 이 지역은 광활한 평야로 인해 국토에서

벽골제의 전설의 쌍용

유일하게 지평선을 감상할 수 있는 곳이다. 김제에는 광활면이라는
지명이 있을 정도다.

산이랄 것이 없어 해가 지는 데도 한참을 걸린다. 서울로 떠나려
하는 내 발길도 한참 뜸을 들인다. 죽산면에 들러 하늘과 논의 중간
에 서 있는 메타세쿼이아 가로수길을 마지막 선물로 사진에 담았다.
다시 찾은 플랫폼에는 하루만큼 더 짙어진 금빛 물결이 드리운다.
집으로 가는 기차가 툴툴거리며 다가온다.

들녘의 메타세쿼이아

이성선 시인의 어깨에 떨어진 낙엽 소리

정을 그리워하고 버림받은 강아지같이 쓸쓸하게 놓여있는 집 한 채가 유난히 도드라져 보인다. 가느다란 검은색 전깃줄 한 가닥만 그 집에 연결되어 있다. 다시 말하자면 거미줄 한 가닥에 메어있는 초라한 낙엽처럼 보인다.

이성선 시인은 문을 열면 언제나 거기에 떠 있는 달을 평생의 친구로 삼았다. 그 달에게 그의 마지막 시집 『내 몸에 우주가 손을 얹었다』를 선물해 주기로 하였다고 하니, 달하고 여간 친하게 지냈던 모양이다.

우주의 손길이 되어 시인의 어깨에 툭 내려앉은 나뭇잎을 찾아 말을 건네 보려고 그의 흔적이 남아 있는 강원도 고성으로 간다.

태백산맥을 따라, 고성, 속초, 양양, 강릉이 흐른다. 이곳이 이성선 시인이 성장하고, 시인의 활동을 펼쳤던 고장이다. 가을 나뭇잎도 물들다 지쳐 반쯤 떨구어졌다. 도로 옆 남대천에 몽글몽글한 작은 바위들이 나타나면 양양이다. 나는 양양의 품으로 들어왔다.

이성선 시인은 1970년부터 1999년까지 속초와 양양 고성지역 중고등학교를 옮겨 다니며 29년간 교직 생활을 하며 그의 시 세계를 일구어 나갔다. 그는 1970년 『문화비평』을 통해 〈시인과 병풍〉 외 4편으로 등단하고 1971년 초등학교 교사 최영숙 선생과 혼인을 맺는다. 1974년 그의 첫 시집 『시인의 병풍』이 출간되고 2000년 숭실대학교 문예창작과 겸임교수로 부임한다. 2000년 〈내 몸에 우주가 손을 얹었다〉를 마지막 시집으로 출간하고, 만 60세가 되던 그다음 해 2001년 5월 4일, 그가 사랑하는 우주로 떠난다. 그의 유골은 그가 좋아하던 설악산 백담사 계곡에 뿌려졌다. 물과 흙과 나무와 바람이 되어 밤마다 달빛과 이야기를 나누고 있을 것 같다.

양양을 거쳐 그가 다닌 속초고등학교에 들어섰다. 학교 교훈이 적힌 커다란 바윗돌만이 과거의 흔적으로 남은 것 같다. 드넓은 운동장과 한눈에 봐도 명문이라는 느낌이 나는 학교 건물이 당당히 서

속초고등학교 교훈　　　　　　　　　　성대리 버스정류장

있다. 고장의 이름을 단 학교는 그 지역의 우수학교임이 틀림없다. 1952년에 만들어진 교가에는 재미있는 가사가 있다. '큰 뜻을 품고 양양하게 배워나가는~~', 양양에서 다니는 학생들도 많았는지 양양까지도 아우르는 노랫말이다.

　설악산에서부터 흘러내리는 단풍의 물결이 지천에 뿌려져 있다. 세 고장이 모두 이성선 시인의 고향이나 다름없듯이 양양과 속초와 고성의 경계는 가을 풍경으로만 보면 구분이 없는 듯하다.

　강원도 고성군 토성면 성대리에 있는 이성선 시인의 생가로 향한다. 버스정류장에 나란히 적힌 "성대1리〈- 성대2리 -〉신평2리"가 서로 절친한 친구처럼 어깨동무를 하고 있는 것 같다.

　정을 그리워하고 버림받은 강아지같이 쓸쓸하게 놓여있는 집 한 채가 유난히 도드라져 보인다. 가느다란 검은색 전깃줄 한 가닥만 그 집에 연결되어 있다. 다시 말하자면 거미줄 한 가닥에 메어있는

이성선 시인의 동네 입구

시비 앞에 있어 시인의 생가일거라고 생각한 집

초라한 낙엽처럼 보인다. 현재 사람이 살지는 않는 것 같다. 동루골 길 3번지다.

유난히 그 집이 나의 시선을 끈다. 이 집의 어떤 끌림이 나를 붙잡았던 것일까. 나중에 알고 보니 그 집이 내가 찾고 있었던 시인의 생가였던 것이다. 눈에 두었던 탓에 다행스럽게도 사진을 촬영해 두었다.

처음에는 그의 생가가 그의 시비 앞의 집인 줄 알고 그 집을 향해 카메라 셔터를 마구 눌러댔었다. 오래된 자료에서 얻은 주소가 변경되었던 것이었다. 기회가 된다면 다시 찾아가 주인 잃은 이성선 시인이 살던 집 앞에도 작은 이정표 하나 세워놓고 와야겠다.

주황색 지붕의 집을 지나 언덕길을 따라 오르면 감나무 아래 작은 공터가 있다. 중앙에는 커다란 시비가 세워져 있다. 초라한 집에 비해 〈미시령 노을〉이 적힌 시비는 근사한 모습이다. 마치 사막의

이성선 시비 가는 길

이성선 시인의 생가

〈미시령 노을〉 시비

전파망원경처럼 우주와 교신하는 모습이다. 〈미시령 노을〉 속에서 시인은 작은 낙엽을 매개로 우주와 연결되어 있다. 그의 삶 내내 계속 그렇게 연결되어 있었던 것 같다.

시 〈미시령 노을〉의 속을 들여다보면 시인의 어깨에 나뭇잎 하나가 떨어진다. 그것을 우주가 손을 얹은 것으로 생각했던 시인은 우주와 교감을 시도하는 듯하다. 마침내 우주의 무게를 느낀다. 우주와 교감한 것이다.

지난겨울 고성에 며칠을 머문 적이 있다. 태백산맥과 바다 사이에 들어앉은 고요하고 평화로운 하나의 작은 나라처럼 느껴졌다. 사람들은 친절했고, 풍경 또한 도시의 그것과 달랐다. 여기 사람들은 오직 자연과만 더불어 사는 것 같았다. 추운 날이면 추워했고, 눈이 오는 날이면 눈을 맞았다. 우주가 보내온 자연의 요동에 저항하지 않는 순수한 모습들이었다. 평생을 이곳에서 살다시피 한 이성선 시인의 시는 설악산 골짜기에 살고있는 것들과 고성의 밤하늘에 떠 있는 것들과 달빛에 비치는 모든 것들의 이야기이다. 그 이야기들이 지난겨울 고성에서의 경험이 시인의 고향과 닮아있었다.

"속초가 속초일 수 있는 것은 청초와 영랑이라는 두 개의 맑은 눈동자가 빛나기 때문이다"

이성선 시인의 시 〈속초〉가 시작되는 부분이다. 설악산에서 보면 두 호수가 뚜렷이 빛날 것 같은데 호수가 보이는 설악산에 올라 시를 쓴 것 같다. 왼쪽 맑은 눈동자 영랑호에 들어선다. 영랑호에 들어선 이유는 이성선 시인과 도반(道伴)으로 지낸 최명길 시인의 시 〈화접사〉가 새겨 있는 시비가 있기 때문이다.

강릉이 고향인 최명길 시인은 속초지역 교사 시절 최명길 시인과 문학모임에서 만나 인연을 맺게 된다. 어느 날 두 시인은 『카라마조프가의 형제들』을 읽고 밤샘 토론을 벌인 후 "도반 결의"를 한다. 이성선 시인이 최명길 시인에게 '어디 가지 말고 우리 여기서 한평생 시나 쓰자' 라고 말을 건넨다. 최명길 시인은 그 말을 듣고 고향으로 가는 길을 포기한다. 그리고 이성선 시인과 함께 설악산을 누비며 살아간다.

두 시인이 하늘로 떠난 해는 같지 않지만, 5월 4일 같은 날짜에 세상을 떠난 것을 보니, 하늘에서도 도반으로 함께 살고 있지 않을까 생각된다.

이성선의 〈도반〉과 최명길의 〈화접사〉는 두 시인의 서로가 서로를 연상한 듯 표현된 시이다. 이성선 시인은 배낭과 여행자를 통하여, 최명길 시인은 꽃과 나비를 통하여 세상 길을 함께 걷는 도반을 노래하였다.

나는 영랑호에서 두 시인의 발자국을 따라 해가 저물때까지 걷는다.

영랑호에 있는 이성선 시인의 도반 최명길 시인의 화접사 시비

달빛 여행하러 화성행궁에 간다

신풍루의 누각은 달이 오르는 방향으로 길이 길게 려져있고 땅
이 평평하여 바다의 일출을 보듯 달을 구경하기에 좋다. 조명을
환하게 비춘 성곽길은 가을을 사진으로 담는 사람들과 가을 속
이야기를 그려가는 연인들이 추억을 만드는 길이다.

부처님의 전생부터 시작된 우화 속 달 이야기가 하나 있다.

'부처님은 전생에 매우 가난했다. 토끼 하나가 스스로 불구덩이에 뛰어들어 부처님의 주린 배를 달래주었다. 부처님이 그의 영혼을 달래기 위해 달에 옮겨놓았는데, 이 토끼가 계수나무 아래에서 신선이 먹는 약을 지금까지 절구에 찧고 있다.'

달은 하루에 50분씩 늦게 떠오른다. 그러면서 조금씩 보름달로 차오르고, 그다음에는 그믐달로 가늘게 야위어간다. 보름이 가까워지면 달은 해가 지고 난 후부터 동쪽에서 떠오르기 시작한다.

가로등이 흔하지 않던 나의 어린 시절 고요하기만 하던 밤은 보름달이 뜨는 날이면 동네 아이들의 노는 모습이 저녁 늦게까지 이어졌다. 달빛은 선명한 그림자가 드리울 정도로 밝게 비추었다. 달빛에 연인들은 더욱 다정했고 길가의 가을 풀벌레 소리도 걸음 소리에 화음을 맞추었다.밤의 길을 밝혀줌에 더하여 달의 모습으로 시간을 읽어 낼 수도 있고, 내가 향하는 방향도 알 수 있으며, 달무리를 보고 날씨도 예측할 수 있다. 태양의 방향도 달빛 안에서 알아낼 수 있다. 달과 동행을 즐긴다면 어렵지 않게 알 수 있는 것들이다.

달은 나에게 유일한 벗이었던 순간이 많았다. 달을 보며 생각에 잠기던 수없이 많은 밤들을 기억한다. 사춘기를 겪는 형이 훌쩍 집을 떠났을 때, 일하러 서울 간 누나가 그리웠던 시절, 타향생활에 힘겨워하며 앞날에 대한 두려움에 헤매고 다닐 때도 나의 마음을 달래주었던 달이었다.

김제 망해사에서 바라본 더없이 밝았던 보름달, 격포 등대에 올랐을 때 바다에 일렁이는 고요한 달그림자, 고향 익산 가는 밤 기차에서 본 새하얗던 반달, 태양이 지고 난 자리에서 나타나는 양화대교 위로 뜬 가느다란 초승달, 이렇게 어떤 곳에서 보아도 어떤 곳에 닿아도 달과 함께 이룬 풍경은 아름답기만 하다.

음력 시월의 보름은 예부터 겨울 준비를 시작하는 날로 여긴다. 이때는 추운 계절이 오기 전 보름달과 함께 가을의 운치를 즐기기에 가장 좋은 마지막 밤이다. 궁궐과 한옥, 성곽처럼 고즈넉한 풍경이라면 더욱더 달빛과 잘 어울린다. 달빛이 참으로 잘 어울리는 곳, 화성행궁으로 행차해 본다.

수원화성은 성벽과 누각, 물에 비치는 아름다운 반영을 감상할 수 있는 방화수류정, 도시가 내려다보이는 서장대가 있어 달빛과 함께 산책하기 더없이 좋은 장소다. 자줏빛 노을이 지나고 파란 어둠이 스며들 즈음 금빛 조명이 비추어진 성벽은 황금 갑옷을 입은 듯 더욱 늠름해진 모습으로 달빛을 맞을 준비를 마친다.

화성행궁의 정문인 신풍루는 보름달이 떠오르는 동쪽을 바라보고 있다. 신풍루의 누각은 달이 오르는 방향으로 길이 길게 터져있고 땅이 평평하여 바다의 일출을 보듯 달을 구경하기에 좋다. 조명을 환하게 비춘 성곽길은 가을을 사진으로 담는 사람들과 가을 속 이야기를 그려가는 연인들이 추억을 만드는 길이다.

신풍루로 가는 오솔길에서 맞는 서늘한 가을바람이 밤의 길목을 안내한다. 숲을 스치는 바람 소리뿐, 산새도 숨죽이고 달을 기다리나 보다.

서장대에 오르자 계수나무와 토끼를 담은 달이 떠오른다. 구름 위로 차분히 올라서는 장면은 여인의 얼굴이 머리에 쓴 장옷을 벗

방화수류정 반영

고 나오는 듯 단아한 모습이다. 달빛에 비친 화성 행궁이 소담스럽
게 앉아 있고 꽃이불을 깔아놓은 듯 시가지가 둥실 밝은 달빛 아래
펼쳐진다. 도시의 불빛과 하늘의 경계만이 검은색으로 도드라질 뿐
오늘 밤은 다채롭기만 하다.

서장대 아래 모인 친구와 연인들은 달이 비추어 내는 야경에 감
탄하고, 달을 향해 저마다의 소원을 빈다. 나도 달을 보며 뻔한 소원
하나를 작은 소리로 읊어 본다. 가슴속 희망을 속삭이며 지금 생각
나는 것들과 사람들의 축복을 빌어 본다.

수많은 이야기와 소원과 영혼이 알알이 박힌 저 달은, 오늘 밤
이곳에서도 사람들의 이야기와 소원을 담고서 서장대 너머로 기울
어 간다.

성곽길

석양을 기다리는 사람들

눈 내리던 날

김차중

한낮 햇살이 어젯밤 쌓인 지붕 위 눈을 녹였다.
찬바람은 그새를 참지 못해 고드름을 만들었다.
텅 빈 배추밭에서는 꼬마들이 눈싸움을 이어갔고
누이들은 어른들의 발자국에 작은 발자국을 덧대며 걸었다.

태양이 고드름 속에서 한참을 지내다가
서쪽 어둠으로 들어가는 저녁이 되면
아이들은 내키지 않는 마음으로
발을 질질 끌며 집으로 든다.

눈이 내리는 하얀 밤 가로등 불빛 아래
타인의 발자국들이 뉘엿뉘엿 고갯길을 넘어가고
눈 덮인 집들이 네온 불빛에 황금색으로 물들었다.

내리는 눈 사이로 굴뚝 연기가 피어오르고
하얗고 고요한 밤 아랫목에 모여앉아
지난 일들을 소곤거렸다.
아버지가 뒤안에 묻어 놓은 커다란 무 하나 꺼내어 오면
엄마가 돌돌 껍질을 깎아 주었고
사각사각 다섯 남매의 입가에 웃음이 묻어났다.

도둑고양이가 집으로 가는 길에 살짝 들렀는지
눈밭이 된 마당에 발자국을 남겼다.

겨울

- 숲으로 된 성벽 안의 농부들과 당나귀들이 사는 그곳,
  기형도 시인의 마을
- 단양, 느린 강물을 걸으며 만난 신동문 시인
- 서산에 깃든 윤곤강 시인과 시를 닮은 가로림만의 이야기
- 겨울 바다의 숨결로 일렁이는 해무의 성, 거진
- 가장 아름답다는 김종삼 시인의 시비를 찾아서

아침 안개가 끼지 않는 날이면
걸어가는 얼굴들은 모두 낯설다. 서로를 경계하며
비껴 지나가고, 맑고 쓸쓸한 아침들은 그러나
이 그들에 성역이기 때문이다.

기형도 시

숲으로 된 성벽 안의 농부들과 당나귀들이
사는 그곳, 기형도 시인의 마을

나는 지금 그와 함께 석양에 물든 붉은 노을을 바라보고 있다.
노을이 지나면 광활한 세상은 어두워질 테고, 신들의 상점엔 하
나둘 불이 켜지겠지, 농부들과 작은 당나귀들은 성안으로 들어오
겠지.

기형도, 스물아홉에 안타깝게 생을 마친 비운의 시인이다. 스무 살에 그의 시를 처음 읽었고, 나는 스물아홉이 되던 해 또 한 번 그를 생각했다. 계획만 하고 몇 해째 기형도 시인의 고향을 찾지 못했는데 올해에는 꼭 찾아가기로 마음먹었다.

그의 작품은 1990년대 시를 공부하는 예비 시인들에게 크나큰 영향을 끼쳤다. 잘 이해되지 않는 시구들은 역설적으로 그의 매력을 더욱 느끼게 해주었다. 시 속에 담겨 있는 시인의 생각을 끄집어내 보려고 시집을 붙잡고 씨름했던 기억이 지금도 생생하다. 슬슬 매서운 바람이 시작되는 겨울의 문턱에서 고뇌와 어둠의 시적 모티브를 제공해주었던 『입속의 검은 잎』을 주머니에 넣고 그의 빈집을 찾으러 간다.

1989년 3월 기형도는 종로에 있는 파고다공원(지금의 탑골공원) 동쪽에 위치한 파고다극장에서 고혈압에 의한 뇌졸중으로 숨을 거두고 만다. 파고다극장은 심야극장으로 성인영화를 전문으로 상영하는 극장이었다. 기형도는 고질적인 고혈압을 앓고 있었으며 그날

기형도 시인이 쓰러진 장소인 파고다극장

쓸쓸한 밤, 그 병이 심하게 돋아나온 것이다. 심야극장인 탓일까 죽음에 이르는 고통에 괴로워하는 그를 목격한 사람은 없었고, 다음 날 새벽 건물 관리인이 이미 주검이 된 그를 발견하였다. 1989년 3월 7일의 일이었다.

파고다극장은 1996년 문을 닫았으며, 극장이 있던 건물은 상가와 식당으로 변화되었다. 지금은 나이 지긋한 어르신들이 찾는 골목의 중심지이다. 외형은 바뀌었지만 건물은 그대로 사용되고 있다.

그의 흔적을 찾아 광명시 소하동 산 144번지에 소재한 기형도 문학관으로 향한다. 기형도 문학관은 2017년에 건립된 3층의 건물로 기형도 문화공원과 함께 조성되어 있다. 문학관에서 산책로로 이어지는 곳에 해맑게 웃고 있는 기형도 시인의 사진을 볼 수 있다. 벽면의 커다란 사진 속 그는 웃는 얼굴은 이곳을 지나는 사람들에게 눈인사를 건네는 듯하다.

기형도 문화공원으로 가는 길

기형도 문학관 1층에는 시인의 육필원고를 비롯하여 직접 사용한 만년필 그리고 쉽게 볼 수 없는 대학 시절의 사진들이 전시되어있다. 그가 선정한 도서의 목록이 적힌 메모가 있는데, 그 책들을 읽으면 글을 더욱 잘 쓸 수 있을까 하여 사진으로 남겼다. 2층에는 시인의 대표 시 〈안개〉의 배경이 된 안양천과 공장들 속에 드리운 안개가 있는 풍경이 조형되어 있다. 꿈속의 한 장면처럼 재현된 안개의 도시는 시의 풍경과 흡사하게 묘사되어서 한참을 들여다보게 한다.

〈안개〉는 공장 굴뚝으로 상징되는 산업화에 따라 변해가는 세상과 관계와 사람에 관한 이야기이다. 이 시는 그가 대학 시절 응모했던 1985년 동아일보 신춘문예의 당선작이기도 하다. 그는 신춘문예 당선 상금으로 수동 타자기와 세계문학전집을 구매했다고 한다.

〈안개〉의 배경을 형상화한 조형물

1993년 내가 〈안개〉를 처음 읽었을 때 그 의미를 알 수 없었고, 내용 또한 으스스하여 시 한 편을 다 읽지 못한 채로 덮어 버린 기억이 있다. 안개를 비롯하여 방죽, 죽음, 어둠, 겁탈, 폐수 등의 공포를 연상하게 하는 시어들이 박혀 있다. 게다가 이 시는 그의 유고 시집 『입속의 검은 잎』의 첫 번째로 실린 시이다. 안개를 건너뛰고서 어떻게 그 시집의 다음 장을 펼칠 수 있을까! 안개를 뚫고 나가지 않고서는 다음 장으로 넘길 수 없는 나만의 강박관념 탓에 시집을 사 들고도 몇 개월이 지난 후에야 읽어 내릴 수 있었다.

　　산책로를 따라 기형도 문화공원에 오른다. 기역(ㄱ)자를 닮은 조형물 일곱 개가 솟대처럼 서 있다. 나는 거기에 '기억'의 의미를 더해본다. 기억의 기둥들마다 시의 제목들이 조각되어 있다. 좁다란 오솔길로 산책로가 이어진다. 두 편의 시가 대지에서 솟아나 자유롭게 하늘로 날아오르는 모습도 볼 수 있다.

기형도 시인을 기리는 조형물 기억

기형도 시의 원천, 광명시 소하동에 위치한 시인의 생가터로 향한다. 생가터를 알리는 표지판에 그의 시 〈빈집〉이 새겨져 있고 집의 원래 모습이 찍힌 사진 또한 볼 수 있다.

〈빈집〉은 기형도 시인이 네 살 때부터 살던 이 집에서 이사를 떠날 것을 앞두고 썼던 시이다. 지금 그곳은 집터는 흔적도 없이 사라져 농토로 바뀌었고 바람만 휑하게 분다. 빈집을 볼 수 없다.

수십 미터 떨어져 있는 길게 난 제방 너머에는 〈안개〉의 배경이 되었던 안양천이 있다. 〈안개〉 속에서 시인의 동네는 '긴 어둠에서 풀려나는 검고 무뚝뚝한 나무들 사이로 아이들은 느릿느릿 새어 나오는 것이다'라고 표현된 것을 보면 공장지대와 멀지 않은 곳의 적막한 풍경 속에 시인의 마을이 있다는 것을 알 수 있다.

〈위험한 가계 1969〉에서는 '선생님, 가정 방문은 가지 마세요. 우리 집은 너무 멀어요. 그래도 너는 반장인데. 집에는 아무도 없고요. 아버지는 혼자, 낮에는요. 방과 후 긴 방죽을 따라 걸어오면서……'라고 쓰여있다. 학교와 집은 대단히 멀었고 볼품없는 길이라

기형도 시인이 자필로 쓴 도서목록

기형도 시인의 집필 모습과 직접 쓴 이력서

는 것을 짐작할 수 있다. 〈바람의 집〉에서는 '바람이 문풍지를 더듬던 동지의 밤', '앞마당에 은빛 금속처럼 서리가 깔릴 때까지……'의 표현에서 서릿발 세우는 바람이 종이 한 장 사이 너머로 불어오는 허름한 집임을 생각하게 한다. '처마 밑 시래기 한 줌 부스러짐으로 천천히 등을 돌리던 바람의 한숨. 사위어가는 호롱불 주위로 방 안 가득 풀풀 수십 장 입김이 날리던 밤' 겨울을 나기 참으로 추웠던 집이었던 것 같다.

성석제 소설가는 '야트막한 산에서 백 미터쯤 떨어진 밭 위의, 돼지와 외풍이 많은 그의 집'이라고 회상을 한다. 힘겨운 환경이었지만 이 집과 근처의 풍경들은 〈안개〉를 비롯해 가슴을 울리는 시들을 탄생하게 한 배경이 되었다.

그의 또 다른 시 〈숲으로 된 성벽〉에서의 성벽 안은 기형도의 마을일지 모른다. 구름이나 조용한 공기가 되어 욕심 없이 살고 지내는 사람은 신비로운 성이 보이고 그 안에 들어가 농부들과 당나귀를 볼 수 있지만, 골동품상같이 무언가를 얻으려고 오는 사람에게 성은 신비로운 곳이어서 입구를 찾을 수 없고 들어올 수도 없고 탐나는 무엇도 찾을 수 없는 그들에게는 공허와 같은 기형도 시인의 마을 말이다.

기형도 시인의 생가터에 생가는 지금은 사라졌지만 사진으로나마 볼 수 있었던 것과 그때의 풍경을 상상할 수 있었음에 만족하고 그가 잠들어 있는 천주교 안성 추모공원으로 향한다.

시인은 독실한 기독교 신자였다. 하지만 1975년 5월 16일 둘째 누이의 죽음으로 인하여 교회에 걸음을 끊는다. 누이는 집 앞 논두

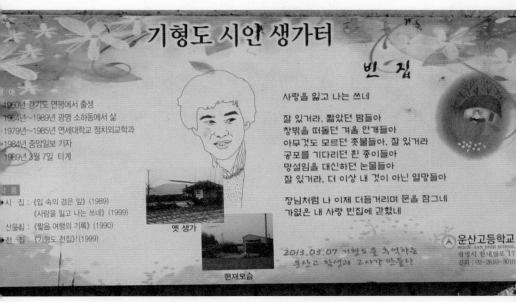

기형도 시인 생가터

빈집

사랑을 잃고 나는 쓰네

잘 있거라, 짧았던 밤들아
창밖을 떠돌던 겨울 안개들아
아무것도 모르던 촛불들아, 잘 있거라
공포를 기다리던 흰 종이들아
망설임을 대신하던 눈물들아
잘 있거라, 더 이상 내 것이 아닌 열망들아

장님처럼 나 이제 더듬거리며 문을 잠그네
가엾은 내 사랑 빈집에 갇혔네

- 1960년 경기도 연평에서 출생
- 1964년~1989년 광명 소하동에서 살
- 1979년~1985년 연세대학교 정치외교학과
- 1984년 중앙일보 기자
- 1989년 3월 7일 타계

- 시 집 : 《입 속의 검은 잎》(1989)
  《사랑을 잃고 나는 쓰네》(1999)
- 산문집 : 《짧은 여행의 기록》(1990)
- 전 집 : 《기형도 전집》!(1999)

옛 생가

현재모습

2013.03.07 기형도를 추억하는
운산고 학생과 교사가 만들다

운산고등학교
WOON-SAN HIGH SCHOOL
광명시 한내왕로 17
전화 : 02-2610-9010

운산고등학교 학생과 교사가 만든 기형도 시인 생가터 표지판, 옛생가의 모습을 볼 수 있다

렁에서 살해된 채 발견된다. 이 사건은 신문에 기고될 정도로 큰 사
건이었다. 〈안개〉에 나오는 여직공의 사건과 흡사하다. 가해자는 3
일 후 검거가 되는데 교회에 다니는 청년이었다. 시인은 중학교 3학
년, 둘째 누이는 고등학교 2학년 시절이었다. 아픔과 절망은 크나큰
심리적 압박으로 자리 잡아 시인이 죽기 전까지 그를 괴롭혔을 것이
다. 시집에 실린 〈나리나리 개나리〉와, 너무 슬퍼서일까, 시집에 실
리지 않은 〈가을무덤-제망매가〉는 죽은 누이를 그리며 쓴 시이다.

안성 추모공원의 기형도 시인의 묘소에 닿았다. 언덕의 끝부분
에 안장되어 있다. 그가 누워서 바라보는 곳은 해가 지는 서쪽 그
가 살던 곳이다. 나는 지금 그와 함께 석양에 물든 붉은 노을을 바

안성 추모공원에 있는 기형도 시인의 묘소

라보고 있다. 노을이 지나면 광활한 세상은 어두워질 테고, 신들의
상점엔 하나둘 불이 켜지겠지, 농부들과 작은 당나귀들은 성안으로
들어오겠지.

묘소에서 바라다 보이는 곳의 석양

단양, 느린 강물을 걸으며 만난 신동문 시인

충북, 단양군, 적성면, 애곡리, 수양개, 고향 분위기 물씬 풍기는
지명 다섯 곳을 읊어야 비로소 수양개 마을이 나온다.
수양개 마을은 80여 채가 마을을 이루었고, 해방 전만 하더라도
뗏군들이 강원도에서 벌목한 목재를 정선 동강에서
서울의 마포나루까지 나를 때 "이젠 살았다!"하고
한숨을 돌리는 나루터이기도 했다.

신동문 평전을 들고 떠나는 여행

　시인들을 찾아 나설 때, 다시 한번 그들을 떠올리고 다른 사람들에게 이야기할 수 있다는 점에서 스스로 큰 보람을 느낀다. 특히 신동문 시인의 이야기처럼 여행을 통하여 전에 알지 못했던 사실을 알게 된다는 것은 더욱 큰 기쁨으로 다가온다.

　신동문 시인이 1975년부터 모든 집필활동을 그만두고, 마을 사람들과 함께 농사를 짓고 가난한 서민들에게 침술 봉사를 하며 1993년 담도암으로 작고할 때까지 머물렀던 그곳, 단양으로 간다.

신동문 시인은 …

　신동문 시인은 충북 청원의 시골 마을에서 태어났고 어렸을 때부터 결핵을 앓았다. 서울대를 중퇴하고 경희대를 편입하였으나 건강과 등록금 문제로 학교를 온전히 마치지 못하였다. 그는 4.19혁명을 계기로 정치 권력의 부조리를 고발하는 시를 쓰기 시작했다. 조선일보에 연작시 〈풍선기〉로 당선이 되는데 이 또한 전쟁과 기계문명을 비판하는 내용이다. 〈아! 신화와 같은 다비데군들〉, 〈내 노동으로는〉 등의 시가 그의 대표작이다. 그는 출판계에서도 두각을 나타내었는데 창작과 비평, 신구문화사, 경향신문 등을 오가며 최인훈의 〈광장〉 등 다수의 양서를 기획 발간하였다.

수양개마을과 침술원이라 불리기도 했던 시인의 집

남한강은 태백산 검룡소에서 발원하여 충청북도를 거쳐 흐른다. 경기도 양평의 두물머리 부근에서 북한강과 합류하여 한강으로 흐르는 강인데 강줄기의 흐름이 조금 색다르다. 지도로 보면 위도상으로 서울에서 70Km나 남쪽으로 떨어진 단양을 지나서 서울이 있는 북쪽으로 강이 흘러간다는 것이다. 단양을 지난 강줄기는 곧 충주호에 이른다. 이 호수가 있는 까닭에 단양을 흐르는 강물의 흐름은 바람에 물살이 겨우 일듯이 느리다. 마치 호수처럼 보일 정도다. 강물처럼 아주 천천히 신동문 시인을 찾아 걷는다.

이 고장에 살고 있는 신동문 시인과 인연이 깊은 권순집 선생이 애곡리 입구에 마중 나와 있었다. 그의 동행으로 이번 여행에 짙은 색이 드리워진 것 같다.

충북, 단양군, 적성면, 애곡리, 수양개, 고향 분위기 물씬 풍기는 지명 다섯 곳을 읊어야 비로소 수양개 마을이 나온다. 수양개 마을은 80여 채가 마을을 이루었고, 해방 전만 하더라도 뗏군들이 강원도에서 벌목한 목재를 정선 동강에서 서울의 마포나루까지 나를 때 "이젠 살았다!"하고 한숨을 돌리는 나루터이기도 했다. 이곳은 물길이 급류로 흐르다가 잦아드는 곳이기 때문이다. 그때 나루터 이름

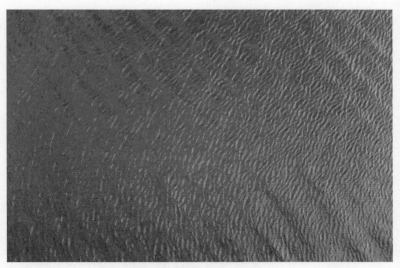
단양에 흐르는 물결 위의 물결

은 "꽃 거리"였다고 한다. 힘든 여정의 꿀맛 같은 쉼터였기 때문에 붙여진 이름일 것이다.

신동문 시인의 집은 1975년부터 이 마을에서 산으로 100m 정도 올라간 곳에 터를 잡았다. 이곳은 수양개마을이 훤히 내려다보이는 곳이다. 마을 사람들은 그를 '신 선생님'이라고 불렀다. 신동문 시인은 이곳에 터를 잡기 전 1962년 부터 4만 평쯤 되는 이 땅을 매입해 놓았다. 일거리가 없는 수양개 사람들은 산을 과수원이나 농토로 경작하여 신동문 시인으로부터 품삯을 받게 되었다. 농토가 부족한 이 지역에서 신동문 시인으로 인하여 생계를 유지 할 수 있었다.

1975년 그가 그곳으로 이주한 후에는 자신의 몸에 놓으려고 갈고 닦은 침술을 마을 사람들에게 대가 없이 제공하였다. 이렇게 시

침술원이라 불리었던 신동문 시인의 생가

신동문 시인의 생가 오르는 길

신동문 시인 생가의 안방

인은 마을 사람들에게 많은 도움이 되었고, 그 사람들은 그를 마을의 선생님으로 삼고 따랐다고 한다.

1983년 수양개 마을은 수몰되었다. 산자락이 강가에 이르러 나지막이 펼쳐진 작은 동네가 충주댐이 생김으로써 물에 잠기었다. 신동문 시인의 이웃이자 벗이었던 마을 사람들은 모두 마을을 떠났다. 집 아래로 지나던 중앙선 철도가 다른 곳으로 옮겨지고, 충주댐이 들어선 강에는 유람선이 떠다니게 되었다. 그리고 유람선 선착장이 인근에 들어섰다. 이곳을 사람들의 발 길이 많아지자 신동문 시인은 이곳을 문화촌으로 조성하려는 꿈을 꾼다. 신기선 시인이 예술 창작마을의 설계를 책임졌고 마을의 조성도까지 완성하여 사업이 상당히 진행되고 있었다.

그러던 즈음 시인의 몸은 서서히 동력을 잃어가고 있었다. 그는 1992년 담도암으로 투병 생활을 시작하여 1993년 각막과 장기의 기증 서약을 마치고 끝내 세상을 떠나게 되었다.

그가 죽고 그의 집은 폐가가 되었지만, 이곳을 정기적으로 찾는 특별한 사람들 있다. 해마다 봄철이 되면 실향민이 된 옛 수양개마을 사람들이 '신선생 댁'에 올라 사라진 고향마을을 한없이 바라보곤 한다고 한다.

강가에서 300미터 정도 언덕을 걸어 시인의 생가로 들어섰다. 드넓은 마당은 어느 농사꾼의 양봉장이 된 지 꽤 세월이 지난 것처럼 보였다. 지금, '신 선생 댁'은 아무도 살지 않는 채 방치되어 있다. 아직 남아 있는 부채꼴 모양의 벽지(1980년대 우리집도 같은 문양의 벽지였다.), 손때 묻은 문틀과 무너진 토방을 디딘 채 간신히 가옥의 형태는 유지하고 있다. 두꺼비집 수동 전기 스위치는 On 상태다. 집에 들어오는 전기는 주인의 허락도 없이 끊어진 것 같다. 이른 봄나물들이 헐거운 마당에 강아지 발자국만하게 그 간격으로 피어오르고 있다. 아름드리 밤나무가 시인의 지붕에 그늘을 드리우고 있다. 동행한 문우의 〈내 노동으로〉 낭송이 산안개처럼 뜰 안으로 속속히 박혀 들어간다.

〈아! 신화같이 다비데군들〉 시비 - 충북 청원 소재

시비를 찾아서

청주 발산공원에는 〈풍선기〉가 청원에는 〈아! 신화같이 다비데
군들〉이 단양 소금정공원에는 〈내 노동으로〉가 새겨진 시비가 있
다. 세 곳이나 시비가 있다는 것은 충북이 사랑하는 시인이기 때문
일 것이다. 소금정 공원에 들러서 봄볕에 흐르는 그의 시 〈내 노동
으로〉를 만났다.

〈내 노동으로〉 시비

시루섬 이야기 그리고 만천하스카이워크 전망대

수양개마을은 물에 잠기었지만 마을의 이름은 사라지지 않았다. 그곳에서 구석기, 신석기, 청동기 유적이 발견되어 수양개선사유물전시관이 건립되었기 때문이다. 과거의 마을은 수몰되었지만 더욱 먼 과거로부터 보살핌을 받았다.

이곳까지 왔으니 수양개마을 바로 위에 있는 시루섬에 관한 전설을 이야기하지 않을 수 없다. 1972년 8월 19일 대홍수 때 고립된 197명이 극적으로 목숨을 건진 사건이다. 강에 물이 불어 강 안의 섬인 시루섬에서 빠져나가지 못한 사람들이 발을 붙일 수 있었던 곳은 높이 7m, 지름 4m의 물탱크뿐 이었다. 사람들은 물탱크 위에서 서로를 얽어매어 14시간을 버티었는데, 태어난 지 100일이 된 아기가 엄마의 품속에서 사람들의 조여오는 압박을 견디다 못해 숨을 거둔 것이다. 엄마는 아이의 죽음을 이미 알고 있었다. 하지만 좁은 물탱크 위에서 서로를 부둥켜안고 버텨야만 하는데, 동요가 일어나

스카이워크에서 바라 본 시루섬

대열이 흩어져 사람들이 물에 빠질까 걱정되어 울음을 삼킨 채 아이의 죽음을 말할 수 없었다. 다음날 새벽 사람들은 구조대에 의해 살아남았지만 그 기쁨도 잠시였다. 아이의 죽음을 뒤늦게 전해 들은 이웃들은 눈물과 통곡을 멈추지 못하였다고 한다. 시루섬이 보이는 도로가에는 '시루섬의 기적'이라고 적힌 조형물과 아이를 안고 있는 엄마의 동상 있는 자그마한 공원이 있다. 50년이 흐른 후 시루섬에서 살아남은 사람들은 2022년 8월 19일 사건이 일어난 지 반백년 만에 단양에서 감격과 눈물의 50돌 생일잔치를 열었다.

단양을 한눈에 담기 위하여 '만천하스카이워크'에 오른다. 그곳까지 자동차를 이용할 수도 있지만 나는 남한강을 따라 놓인 잔도를 걷기로 마음먹었다. 호수 같은 옥빛 물결 위로 봄을 부르는 바람이 일자 그 물결 위에 또 물결이 흐른다. 길은 전망대의 입구로 이어진다. 경사진 길을 따라 전망대에 오르자 하늘을 나는 새의 시선을 잠시 빼앗은 것 같았다. 대성산을 감아 도는 강줄기를 따라 단양 시가지가 놓여있다.

강물 중앙에는 홍수에 잠겼다가 떠오른 횃불 같은 시루섬이 강물 위를 밝힌다. 차가 다니는 다리와 기차가 다니는 다리가 나란히 강을 건넌다. 단양의 강물이 하늘과 산 그림자를 등에 업고 석양에 들뜬 노을 곁으로 천천히 흘러간다.

만천하스카이워크에서 바라본 풍경

서산에 깃든 윤곤강 시인과 시를 닮은
가로림만의 이야기

그 길로 들어서자 겨울 숲이 풍겨내는 나무와 흙의 향기가 가
득히 피어오른다. 아늑한 지형과 평화로운 마을, 아직도 황토집이
남아 있고, 길을 가다가 큰 소리로 인사하면 마을 사람 서너 명쯤
은 대문을 열고 나와 볼 것 같은 정겨운 마을이다.

- 어머니의 어깨를 닮은 언덕을 오르다

카프(KAPF, Korea Artista Proleta Federatio)는 1925년 이 기영, 박영희 등이 조직한 조선 프롤레타리아 예술가 동맹을 말한 다. 윤곤강 시인은 카프에 가담하여 일제 강점기의 무력과 허탈을 고백하고, 암울한 현실에 저항하는 시를 주로 썼다.

1911년 만석군의 아들로 태어나 14세까지 한학을 배우고, 보성 고등보통학교를 거쳐 동경 센슈대학을 졸업하였다. 식민지배하의 지식인으로서 역할을 다하려 했을까, 민족단체 중의 하나인 카프 에 가입하여 활동하다가 1934년 체포되어 전주 감옥에 투옥된다. 이듬해 카프는 일제의 탄압으로 해산되었지만, 그는 동물을 소재로 식민지화로 길러지는 시대성을 비판하고, 사회 현실에 대한 저항시 를 써나갔다. 대한민국이 해방 이후의 너무나도 혼란스러운 진통을 겪었던 시대, 그는 1950년 1월 신경쇠약 증상으로 세상을 떠났다.

묘소 가는 길

충청남도 당진시 순성면 갈산리 작은 야산에 윤곤강 시인이 고이 잠들어 있다. 다른 시인의 묘와 달리 큰 도로부터 시인 묘소의 안내 판이 커다랗게 설치되어 있었다. 그 길로 들어서자 겨울 숲이 풍겨 내는 나무와 흙의 향기가 가득히 피어오른다. 아늑한 지형과 평화로운 마을, 아직도 황토집이 남아 있고, 길을 가다가 큰 소리로 인사하면 마을 사람 서너 명쯤은 대문을 열고 나와 볼 것 같은 정겨운 마을이다.

　　마을 뒤쪽으로 오솔길을 따라 작은 언덕을 오르다 보면 묘비석이 보인다. 아늑한 산자락의 품 안에 묘소가 있다. 그의 묘지 위로 아주 오래된 묘 두 기가 있는데 지석에는 평창군수와 참판을 지낸 윤유길과 그의 부인의 묘라고 새겨 있다. 260년 전의 묘이다. 윤곤강 가문의 선산으로 보인다. 시인의 무덤 왼편에는 이 지역 문학단체인 '나루문학회'가 기증한 시인의 영원(永遠)을 기리는 비도 함께 세워져 있다. 비석에는 '시인 윤곤강 잠들다'와 함께 그의 시 〈피리〉의 일부가 적혀있다.

윤곤강 시인의 묘

피 리

윤곤강

보름이라 밤 하늘에
달은 높이 켠 등불 같아라
임아 홀로 가신 임아
이 몸은 어찌하라 홀로 두고
임만 혼자 홀홀히 가셨는고

아으 피 맺힌 내 마음
피리나 불어 이 밤 새우리
숨어서 밤에 우는 두견새처럼
나는야 밤이 좋아 달밤이 좋아

이런 밤이사 꿈처럼 오는 이들
달을 품고 울던 '벨테이느'
어둠을 안고 간 '에세이닌'
찬 구들 베고 눈 감은 고월(古月) 상화(尙火)…

낮일랑 게인 양 엎디어 살고
밤일랑 일어나 피리나 불고지고
어두운 밤의 장막 뒤에 달 벗삼아
임이 끼쳐주신 보밸랑 고이 간직하고
피리나 불어 설운 이 밤 새우리

다섯 손가락 사뿐 감아 쥐고

살포시 혀를 대어 한 가락 불면
은쟁반에 구슬 굴리는 소리
슬피 울어 예는 여울물 소리
왕대숲에 금바람 이는 소리…

아으 비로소 나는 깨달았노라
서투른 나의 피리소리이언정
그 소리 가락가락 온 누리에 퍼지어
메마른 임의 가슴속에도
붉은 핏방울 방울 돌면
찢기고 흩어진 마음 다시 엉기리

　　한가로운 겨울 윤곤강의 피리 소리가 저기 내려다보이는 왕대숲
까지 금바람을 일으켜내고 있는 듯하다. 나는 언덕 위 그의 곁에 서
서 그의 시 '늙은 어머니의 어깨'를 닮은 〈언덕〉을 펼쳐 본다.

언　덕　　　　　윤곤강

언덕은 늙은 어머니의 어깨와 같다.

마음이 외로워 언덕에 서면
가슴을 치는 슬픈 소리가 들렸다
언덕에선 넓은 들이 보인다

먹구렁이처럼 달아나는 기차는
나의 시름을 싣고 가버리는 것이었다

언덕엔 푸른 풀 한포기도 없었다

들을 보면서 나는 날마다 날마다
가까워 오는 봄의 화상을 찾고 있었다
아아, 고대 죽어도 나는 슬프지 않겠노라.

    그가 있는 언덕에서 시에 표현되어있는 '먹구렁이처럼 달아나는 기차'는 보이지 않겠지만, 긴 시간 동안 그가 시에서 그리워 했던 '봄의 화상'을 찾고야 말았을 터이니 마지막 시구처럼 슬프지 않게 잠들어 있을 것이다.

    그를 뒤로하고 그의 시비가 있는 서산시문화회관으로 향했다. 문화회관 바로 오른쪽 가장 빛나는 자리에 시비가 위치했다. 시인의 생애가 적혀진 비석과 그의 대표작 〈나비〉가 쓰여 있는 비석이 서로 얼굴을 기대고 다정하게 서 있는 모습이다.

나 비   윤곤강

비바람 험상궂게 거쳐 간 추녀 밑
날개 찢어진 늙은 노랑나비가
맨드라미 대가리를 물고 가슴을 앓는다

윤곤강 시비

찢긴 나래에 맥이 풀려
그리운 꽃밭을 찾아갈 수 없는 슬픔에
물고 있는 맨드라미조차 소태 맛이다

자랑스러울 손 화려한 춤 재주도
한 옛날의 꿈 조각처럼 흐리어
늙은 무녀(舞女)처럼 나비는 한숨진다

〈나비〉는 날개가 찢어진 늙은 나비가 지나가 버린 화려한 청춘 시
절을 못내 그리워하고 아쉬워하는 마음을 그리고 있다.

윤곤강은 서산의 상징적 문학인으로 모셔지는 듯하다. 시비 뒤
편으로는 조각공원이 설치되어 있다. 시비들은 대부분 한갓지고 사
람들이 찾지 않는 곳에 덩그러니 놓여있는 경우가 많다. 유명한 시
인의 시일지라도 지역주민 가까이 있어도 지나치기 쉬운 곳에 있

기 마련이다.

서산은 윤곤강 시인을 비롯하여 수필 〈청춘예찬〉의 민태원 소설가, 민족문학작가로 알려진 남정현 소설가, 시집 『그리운 바다 성산포』의 이생진 시인 등 훌륭한 문인들의 고향이다. 산과 들과 바다, 그리고 역사가 깃든 서산은 문학을 사랑하는 사람들의 고장이었다.

두근거리는 청춘을 노래한 민태원 소설가의 〈청춘 예찬〉을 일부 소개한다.

청 춘 예 찬   민 태 원

청춘! 이는 듣기만 하여도 가슴이 설레는 말이다. 청춘! 너의 두 손을 가슴에 대고, 물방아 같은 심장의 고동을 들어 보라. 청춘의 피는 끓는다. 끓는 피에 뛰노는 심장은 거선의 기관과 같이 힘있다. 이것이다. 인류의 역사를 꾸며 내려온 동력은 바로 이것이다. 이성은 투명하되 얼음과 같으며, 지혜는 날카로우나 갑 속에 든 칼이다. 청춘의 끓는 피가 아니더면 인간이 얼마나 쓸쓸하랴? 얼음에 싸인 만물은 죽음이 있을 뿐이다.

그들에게 생명을 불어넣는 것은 따뜻한 봄바람이다. 풀밭에 속잎 나고, 가지에 싹이 트고, 꽃 피고 새 우는 봄날의 천지는 얼마나 기쁘며 얼마나 아름다우냐! 이것을 얼음 속에서 불러 내는 것이 따뜻한 봄바람이다. 인생에 따뜻한 봄바람을 불어 보내는 것은 청춘의 끓는 피다. 청춘의 피가 뜨거운지라, 인간의 동산에는 사랑의 풀이 돋고, 이상의 꽃이 피고, 희망의 놀이 뜨고, 열락의 새가 운다.

- 중략 -

만대항 솔향기염전

시를 닮은 가로림만의 이야기

커다란 항아리처럼 생긴 바다 가로림만은 호수같은 바다이다. 태안은 직선거리 70Km에 이르는 남북으로 뻗은 반도다. 그중 북쪽 20Km가 가로림만인데 가로림만은 태안군과 서산시 사이로 바닷물이 들어찬 부분이다. 우리나라에서 가장 큰 규모의 갯벌이 있는 곳이며 유일하게 자연 상태의 생태계를 유지한 곳이다. 가로림(加露林), 이슬 덮인 숲속으로 들어섰다.

가로림만의 최북단인 만대항으로 가는 길, 오른편에 백화염전 저수지가 커다란 바둑판처럼 펼쳐져 있다. 겨울 염전은 갯벌이 올라와 거무튀튀한 버려진 땅으로 보이지만, 유월이 오고 따뜻한 햇살이 비추면 소금이 영글어가는 염전에서 사그락사그락 하얀 소금꽃 피우는 소리가 들릴 것이다.

바닷길을 따라 3분만 걸어가면 가로림만의 끝이자 시작인 만대항이다. 한해의 조업을 마친 꽃게 통발이 새것처럼 손질되어 다음 철을 기다리며 차곡차곡 쌓여있다. 만대항을 지나 소나무 숲 옆으

만대마을의 일상

만대항의 고깃배

로 바다 위를 걸어갈 수 있게 데크가 만들어져있다. 바닷물까지 내려갈 수 있는 계단이 있어 가로림만으로 들어오는 짙푸른 물살을 만지고 발을 담글 수도 있다.

만대마을에는 이곳 주민인 최화정 무용가와 24명의 주민이 창작한 '만대 강강술래'가 있다. 이 창작 뮤지컬은 주민들의 애환과 삶의 이야기를 모아서 만들었다고 한다. 태안 앞바다의 기름 누출사고를 겪은 주민들이 좌절하지 않고 전국민과 합심하여 다시 건강한 갯벌과 바다로 재건하여 행복한 마을을 가꾸고 서로 의지하며 잘 살아간다는 이야기이다. 초등학생부터 머리가 하얀 어르신까지 마을 주민들이 출연을 한다. 서로의 키가 들쑥날쑥하지만, 큰 사람은 허리를 숙이고 작은 사람은 손을 높이 들어 조화롭게 춤을 만들어 한 편

트임 기법으로 제작된 도자기

의 뮤지컬을 완성시킨다.

가로림만의 반환점을 돌아 다시 염전 앞 모퉁이 나오리 생태예술원으로 향한다.

도인의 외모를 가졌고, 도자기를 사랑하는 양승호 도예가가 설립한 곳이다. 입구에 들어서자 누런 강아지 한 마리가 홀로 반기러 나왔다. 강아지는 나를 앞마당까지 인도해 주었다.

도자기를 굽는 두 개의 커다란 가마가 시선을 사로잡았다. 넓은 앞뜰과 건물 안에는 범상치 않은 도자기들이 전시되어있다.

양승호 작가의 도자기는 그가 창안한 '트임 기법'이라는 방식으로 도자기를 구워낸다. 초벌 된 도자기를 갯벌에 묻어 놓고, 도자기와 갯벌이 시간과 엉겨 붙으면 그걸 다시 소나무를 사용하여 구워내는 방식이 트임 기법이다. 그의 작품에는 거친 나무의 껍질처럼 터져있는 표면의 질감이 주는 자연스러움과 생명력이 서려 있다. 이곳에서만 생산되는 세계 유일의 방식으로 만들어진 된 도자기이다.

'나오리'라는 지명은 우리나라 지도에 존재하지 않는다. 이곳의 주소는 '태안군 이원면 내리'인데 양승호 도공이 프랑스에 오가며 작품 활동을 하였을 당시 '내리'라고 쓰인 영문으로 된 지명을 프랑스 사람들이 '나오리'라고 부른대서 이름을 가져왔다고 한다.

세상에 하나뿐인 작업 방식으로 세상에 나타나지 않는 지명에서 신비스러운 모습의 도자기들이 사람들을 기다리고 있다. 양승호의 작품은 내리에서 태어나 그와 함께했던 토양과 갯벌 그리고 소나무가 만들어 낸 지구의 조합물이다.

나오리 언덕 너머 솔 향기 짙은 바닷바람이 불어온다. 파도 소리도 그 바람을 따라 이곳으로 든다. 노을빛이 감돌면 솔잎 사이로 어스름한 햇살이 가로림만 속으로 흩어 든다.

윤곤강 시인이 만들어 준 인연들, 그리울 것들을 한가득 간직하고 집으로 향하는 버스에 오른다. 창밖에 두고 온 그리움이 손을 흔든다.

나오리를 지키는 강아지

겨울 바다의 숨결로 일렁이는 해무의 성, 거진

설악산과 금강산은 바로 인접한 산이며, 같은 시간에 일출을
볼 수 있고, 같은 바람이 불며, 같이 눈이 오는 곳이다. 두 개의 산
은 그 사이로 고성군이라는 나지막한 마을을 사람들에게 내어주
었다.

서해에 폭설이 내리기 하루 전, 강원도 고성으로 향했다. 전 일
정 동안 운전을 하겠다며 사진을 찍으러 가자고 하는, 알고 지내는
한 남자의 요청이 도착했다. 몇 주 전 그는 고가의 카메라를 구입
하였는데 그것을 적절하게 시험하고 싶어 했던 참이었다고 하며 나
에게 사진 찍는 법을 가르쳐 달라는 부탁이다. 하지만 나의 수준으
로 보아 사진 촬영을 알려주는 것은 어려운 일이라 생각되었고 사
진 촬영하기 좋은 곳을 안내해 달라는 것으로 이해하고 그의 요청
을 받아들였다. 때마침 나도 겨울 동안 여행을 떠나지 못해 근질근
질한 참이었다.

　새해가 시작되고 며칠 지나지 않은 이른 아침, 집 앞까지 온 그의
차에 올랐다. 처음에 가기로 한 곳은 서해 방향이었지만 그곳으로
폭설이 올 것이라는 일기예보에 강원도 고성으로 방향을 바꾸었다.

거진의 조형물 사랑합니다

거진 앞바다의 해무

　우리나라로 부는 겨울바람은 북서풍이기 때문에 서쪽으로부터 눈이 시작된다. 백두대간 동쪽에는 산맥에 가로막혀 1월 초순까지는 눈이 그다지 많이 오지 않는다. 그 대신 겨울의 후반에 해당하는 1월 중순 이후 북동풍이 불 때 폭설이 자주 내리는 지역으로 뒤바뀐다. 동해안에 눈이 내리면 서울이 있는 서쪽은 큰 추위는 물러가는 때가 된다.

　눈이 많이 오지 않는 1월 초는 강원도의 겨울 바다로 향하기에 비교적 수월하다. 동해는 눈이 내리지 않아도 거센 바람과 철썩이는 파도 소리만으로 겨울의 운치를 충분히 느낄 수 있게 해주는 곳이다.

　미시령 터널을 빠져 나오면 영화의 첫 장면으로 써도 될 만한 풍경처럼 속초 시가지 너머 짙푸른 동해가 펼쳐진다. 도로는 영랑호와 청초호 사이에 이르러 남북방향으로 갈라진다. 우리는 남쪽의 속초를 뒤로하고 북쪽으로 방향을 틀어 7번 국도를 타고 고성군으로 향하였다.

고성군은 남한과 북한으로 나누어져 있다. 옹진군, 철원군과 함께 우리나라에서 남과 북에 함께 걸쳐있는 세 곳의 행정 구역중 한 곳이다. 고성군의 북쪽은 금강산과 맞닿아 있고, 또한 위도상으로는 대한민국의 최북단이다. 설악산과 금강산은 바로 인접한 산이며, 같은 시간에 일출을 볼 수 있고, 같은 바람이 불며, 같이 눈이 오는 곳이다. 두 개의 산은 그 사이로 고성군이라는 나지막한 마을을 사람들에게 내어주었다.

　　고성군 토성면 청간리에 들어섰다. 청간리 초입에는 청간정이라 정자가 있다. 1592년에 고쳐 지었다는 기록은 400년 이전부터 명소로 여겨온 곳임을 말해준다. 청간정 아래는 설악산에서 천진천을 따라 흘러 내려오는 물이 푸른 바다와 만나는 곳이기도 하다. 물은 곧 철책 아래를 지나 백사장에 길을 내고 바다로 흘러간다. 청간정은 흔히 볼 수 있는 규모의 작은 정자이지만, 이곳에서 바라보는 노

거진의 푸른 바다와 파도

송 사이로 떠오르는 일출은 관동팔경에 속하는 풍경이다.

관동팔경은 대관령 동쪽의 경치 좋은 여덟 곳을 말한다. 고성의 청간정과 삼일포, 강릉의 경포대, 삼척의 죽서루, 양양의 낙산사, 울진의 망양정, 통천의 총석정, 평해의 월송정이다. 강원에 속했었던 망양정과 월송정은 현재 경북에 편입되었고, 또 삼일포와 총석정은 지금은 북한지역이다. 관동팔경은 남한의 강원도 내에서 네 곳밖에 없는 셈이다.

모래사장을 둘러싼 길가에는 건조대에 생선들이 매달려 햇볕과 바닷바람을 맞으며 얼고 녹기를 반복하고 있다. 바람에 나부껴 떨어져 나온 생선을 기다리는 갈매기들이 있고, 또 떨어진 생선을 쪼아 먹는 갈매기 무리가 있다.

기대했던 것 처럼 파란 바다는 끝이 보이지 않게 펼쳐져 있고, 수평선부터 파도가 줄지어 밀려오다가 모래밭에 푸욱 잠긴다. 한낮인데도 바람이 얼마나 차가운지 갯바위 머리에는 흰 눈 같은 하얀 얼음이 얹어있다. 파도 소리, 갈매기의 재잘거림, 겨울바람 소리가 저마다의 리듬으로 끊이지 않는 화음을 맞추어 청간리 앞바다를 통통 건드린다.

먹이를 기다리는 갈매기들

햇살 품은 거진항의 풍요

해변을 나와 해안 도로를 따라 북쪽으로 향하면 곧 거진항이다. 거센 풍랑 때문인지 항구에는 정박해 있는 배들로 빈틈이 없다. 도로를 가로지른 산위로 하얀 등대가 높게 솟아 있다. 거진 등대다. 계단을 따라 그곳을 향해 오르다 보면 수려한 소나무들이 즐비하다. 얼마나 중요한 등대인지 등대를 포함한 시설은 마치 군사 시설처럼 규모가 있고 격이 있어 보인다. 등대 아래의 50m쯤의 긴 담벼락에는 마라도, 울릉도 등대를 비롯하여 의미 있는 등대의 모습들이 벽화로 그려져 있다.

이 산책로가 화진포 너머에 있는 김일성 별장까지 4Km 넘게 바다를 따르는 산등성이 위로 난 길로 이어져 있다. 햇살 좋은 봄날 산꽃이 필 때 다시 들러 볼 곳으로 정해 놓았다. 등대가 바라보는 저 아래에 고깃배 하나가 긴 물살을 그리며 거진항으로 들어온다.

등대 아래 산자락에는 마을이 있다. 집들이 바다가 잘 보이는 곳을 찾아 촘촘히 모였다. 우체부의 빨간 오토바이가 소식을 담고 마을 언덕에 도착해 있다. 바구니에 담긴 편지들이 겨울 한낮의 햇살을 맞으며 고갯길 마루에서 숨을 고르는 모습이다.

거진 등대마을 우체부의 오토바이

50여 채쯤 되어 보이는 이 마을은 길이 따로 나 있지 않다. 집의 뒤뜰과 앞마당이 서로의 길로 연결되어 마을 아래 차가 다니는 도로까지 흘러간다. 방문만 열면 지나가는 사람들과 서로서로 안부를 물을 수 있을 것 같다.

거진항 입구에서 생선을 말리는 할머니에게 통통한 코다리 한 묶음을 기념품으로 사들고 화진포를 향해 해안도로를 달린다. 3분 정도 달렸을까? 갈매기가 드나드는 섬 백섬이 보인다. 전에는 잔돌이 많아 '잔철'로 불리었다는데, 갈매기 배설물로 하얗게 보인다고 해서 '백섬'으로 불렸다고 한다. 해안도로가 건설되기 전에는 이곳에 작은 바위섬들이 많았다고 한다.

일제 강점기 시절 이 지역에서는 일본이 패전 소식을 먼저 듣고 이곳을 떠나기 전 주민들을 몰살하려고 하였다. 이를 알아차린 주민들이 바다를 건너 백섬을 비롯한 작은 바위섬들로 피난해서 위기를 모면했다는 이야기가 있다. 백섬은 마을 사람들의 생명을 구해준 고마운 섬이 되었다. 2020년에 백섬에 전망대와 그곳으로 갈 수 있는 다리가 설치되어 거센 파도를 발아래로 두고 내려보며 거닐

백섬과 해상전망대

화진포

수 있다. 전망대에 올라 물결 따라 불어오는 겨울 바람을 맞아본다.

길 왼편으로 작은 물웅덩이가 보이기 시작하면 화진포에 다다른 것이다. 화진포는 동해안에서 가장 넓은 자연 석호다. 석호(潟湖, lagoon)는 바다가 산호나 모래 같은 퇴적물로 분리된 호수를 말한다. 수심이 얕아 새들의 먹이활동이 활발한 지역이다. 화진포에 도착하자 큰고니들이 호수 위에서 그리며 떼를 지어 원을 그리며 난다. 사람들의 발길이 없고 고요한 호수다. 5월이면 호숫가에 해당화가 피기 시작한다. 해당화는 이 포구에 '꽃이 피는 나루터', 바로 '화진포'라는 정겨운 이름을 만들어 주었다. 해당화는 그렇게 고성군을 상징하는 꽃이 되었다.

해안도로 너머 드넓은 화진포 해수욕장이 보인다. 금구교 밑으로 흐르는 작은 수로가 바다와 연결된다. 청간정에서 철책 때문에 발을 디딜 수 없었던 모래사장을 통과하는 수로를 이곳에서 만날 수 있다. 광활한 백사장을 가로질러 해변으로 흘러드는 물에 손을 담가본다. 겹겹이 밀려오던 거센 파도가 짙은 발자국을 덮고 모래 속으로 사그라진다. 먼발치 해변의 파수꾼처럼 서 있는 주황색 등대가 먼바다를 바라본다.

파도에 떠밀려온 나뭇가지들이 곳곳에 난파되어있다. 북한에서 내려온 것도 있고 이곳에서 밀려갔다 다시 온 것도 있을 것이다. 바다에서 소금을 가득 머금은 나무가지들은 바닷바람에 나뭇결의 틈새까지 하얗게 말라버렸다. 보이는 대로 주워 한곳에 모아 놓았다. 그것들을 근사한 사진 한 컷으로 남겼다.

화진포해변에서 모은 나무 파편들

동해의 해무

   새벽 아야진 방파제를 찾았다. 이곳이 바다 방향으로 제방이 길게 나가 있어서 바다를 드넓게 볼 수 있는 곳이기 때문이다. 수평선이 주황빛으로 밝아지기 시작한다. 500m 남짓 바다 쪽으로 뻗은 제방을 걷는 동안 거세고 차가운 바람이 온몸을 휘감는다. 바닷물이 햇빛에 데워져 수증기가 끊임없이 피어오른다. 바다 위에는 해무의 군단이 해무의 성을 나와 바다로 행군을 떠난다. 눈에 보이는 바다 전체가 해무로 가득 찼다. 갈매기들도 벌써 나와 물살에 몸을 띄운다. 태양이 등대 곁으로 부지런히 떠오른다. 파랗게 펼쳐진 아침 속에 하얀 달이 모습을 드러낸다. 항구의 고깃배 너머, 아침으로 들뜬 마을 너머로 설악산 신선봉이 기지개를 켠다.

고성군 토성면 아야진 등대길

가장 아름답다는 김종삼 시인의 시비를 찾아서

버스는 하얀 눈 소복이 쌓인 포천의 시골길을 달린다. 고모리
에 들어서자 한쪽에서는 아이들이 눈썰매 타기로 즐겁다. 유명하
다던 욕쟁이 할머니의 집도 보이고, 한적한 카페들도 서너 군데
보인다. 놓지 않은 산들과 시가 있는 호수공원은 가족과 연인이
나들이 가기에 참으로 적당한 장소다.

순수의 시인 김종삼, 그의 시에 안긴 고모리호수

천상병 시인은 김종삼에 대하여 '말 없던 침묵의 사나이'라고 했다. 1921년 황해도에서 태어난 시인의 젊은 시절은 식민지와 한국전쟁의 정신적 폐허와 현실적 폐허 속의 일기로 가득 찼을 것이다.

1984년에 생을 마친 김종삼 시인은 생전에는 대중에게 잘 알려지지 않았다. 황동규 시인이 그를 추모한 시 〈점박이 눈〉에서 나타나듯이 강북성모병원 그의 빈소에는 사람들이 뜸하였고, 길음동성당에서 치러진 영결미사에도 찾는 사람이 많지 않을 정도였다. 가장먼저 추모시를 쓴 천상병 시인, 그리고 광릉수목원 옆에 시비를 세운 박중식 시인의 헌신이 없었다면 우리에게 김종삼은 잊혀지고 말았을 것이다. 그가 남긴 고귀하고 순수한 시까지도 말이다.

눈 내린 고모리 호수공원

그 후 장석주 시인이 엮은 『김종삼 전집』과 그가 제정한 '김종삼 문학상', 권명옥 시인의 『김종삼 전집』, 이숭원의 『김종삼의 시를 찾아서』, 그리고 포천 고모리 호수공원에 조성된 김종삼 시인의 시비와 시의 덕택으로 김종삼 시인은 우리에게 더욱 잘 알려질 수 있었다.

천상병 시인의 시 〈김종삼씨 가시다〉에는 고전음악을 좋아했고 순진한 침묵의 사나이를 천국에서 만나고자 하는 천상병 시인의 애처롭고 쓸쓸한 마음이 담겨져 있다.

김종삼 시비는 최옥영 조각가의 작품이다. 타원형 돌 두 개를 얹은 특이한 모양으로 다른 시비와 확연히 다른 모습이다. 아름다운 시비와 그 위에 새겨진 순수한 시를 찾아 포천 고모리로 향한다.

포천시 소흘읍에 위치한 고모리는 서울에서 한 시간 남짓이면 갈 수 있는 곳이다. 차가운 아침 바람을 맞으며 버스는 하얀 눈 소복이 쌓인 포천의 시골길을 달린다. 고모리에 들어서자 한쪽에서는 아이

한탄강의 겨울

한탄강에 흐르는 사람과 사랑

들이 눈썰매 타기로 즐겁다. 유명하다던 욕쟁이 할머니의 집도 보
이고(얼마나 유명한지 버스정류장 이름이 되었다.), 한적한 카페들
도 서너 군데 보인다. 높지 않은 산들과 시가 있는 호수공원은 가
족과 연인이 나들이 가기에 참으로 적당한 장소다. 고모리의 지명
은 이 마을이 이름난 효부 고씨 할머니 묘 앞에 있어 붙여진 이름
이라고 한다.

한탄강은 북한에 속한 강원도 평강에서 발원하여 휴전선을 넘어
굽이굽이 흘러 철원과 포천의 경계를 만들다가 포천으로 흐른다. 시
비가 있는 고모리 호수는 포천으로 들어온 한탄강의 강줄기가 눈물
처럼 고여 생긴 저수지다.

이번 여행은 김종삼 시비 제막식에 참여한 대진대학교 서범석 명
예교수님과 동행 하였다. 서범석 교수는 김종삼 시인 기념사업회 초
대 회장을 역임하였다. 시비에 얽힌 20분간의 간추린 교수님의 차

분한 설명으로 이번 여정의 기록이 풍성해졌다.

　시비는 1993년 박중식 시인을 비롯하여 39인의 문인과 조각가들의 노력으로 건립되었다. 대전에서 제작된 시비는 당시 광릉수목원에 근무하던 공무원의 제안으로 수목원 인근 식당 정원에 세워졌다. 그 공무원은 마침 '김종삼 시비 건립추진본부'에 참여한 시인이었다. 그러나 광릉수목원에서 주차장과 안내센터 조성을 위해 식당 부지와 시비가 위치한 토지를 교환하는 일이 벌어졌다. 그때 시비를 이전할 곳이 마땅치 않았고, 처음에는 한국시인협회가 시비를 파주 헤이리 문화마을로 옮기려고 하였다. 그런데 당시 주민자치위원회 주민들이 이 사실을 알고 지역 유지들과 유족들을 설득하고, 포천시청에 이전 경비 지원을 요청하는 등의 노력을 기울인 끝에 2011년 고모리 호수공원에 이전을 시킨 것이다. 이렇게 김종삼 시비가 지금까지 포천시민의 곁에 자리할 수 있었다.

시비 중에서 가장 아름답다는 김종삼 시비

포천은 김종삼 시인과 전혀 인연이 없는 곳으로 알려져 있었다. 그런데 기념사업회에서 포천과 김종삼의 인연을 찾던 중 〈어머니〉라는 시에서 '부인터 공동묘지'라는 시구를 발견한다. 그곳에 부모님 묘소가 있다는 것을 알아내었다. 그곳은 시비가 세워진 곳으로부터 직선거리 1.5km 거리에 있다. 우연처럼 찾아온 그의 시비가 우연으로 온 것이 아닌 것 같았다. 죽어서도 부모님을 그리워하여 영혼의 걸음이 이곳으로 향한 것이 아닐까.

시비의 전면에는 시 〈민간인〉이 새겨 있고 윗면에는 〈북치는 소년〉이 새겨져 있다. 시비의 평평한 윗면에 새겨진 시를 사람들이 쉽게 읽을 수 있도록 시비 옆에 돌을 설치해 놓았다. 〈북치는 소년〉를 읽기 위해서는 이 돌을 밟고 올라서면 된다.

나는 김종삼의 시에는 박용래의 시와 대비 되는 순수가 있다고 생각한다. 김종삼의 현상을 순수하게 바라보는 것과 박용래의 순수한 마음을 현상에 투영하는 것.

순수를 포근하게 담은 여러 편의 시가 호숫가의 둘레를 서성이고 있다.

김종삼 시인 덕에 돌아본 순담계곡 잔도와 백마고지

포천까지 왔으니 철원까지 내달린다. 고모리 호수의 물길을 거슬러 철원 한탄강 순담계곡을 들렀다. 3.7Km의 바닥이 철망이나 유리로 된 기다란 잔도길은 한탄강 위에 걸쳐있다. 뒤따라오는 사람들의 놀라움과 찬사가 들려온다. 물이 떨어지다가 얼어붙은 폭포가 여럿이고, 물살이 세어 얼지 않은 곳에는 청둥오리 떼가 고기를 잡으려 한다. 건너편으로는 주상절리와 기암괴석이 기다란 병풍으로 둘러 있다. 철재로된 잔도길은 강물 위로 족히 50m 이상은 떠 있는 것 같다.

겁 없이 잔도길을 건너고, 총탄 자국들에 멍들어있는 노동당사 건물을 찾았다. 백마고지전적비 앞에 서서 비석에 새겨진 전쟁통에 서거한 고귀한 순국선열의 이름들을 하나하나 읽어 내렸고, 분단의 현실에 머물러 있는 스스로를 위로하였다.

전적비 공원의 길의 끝에 서면 우리의 백마부대 초소가 보이고, 커다란 인공기가 걸린 북한의 초소가 보인다. 손을 흔들면 화답해 줄 것 같기도 하고, 소리를 지르면 알아차릴 것 같다.

끊어진 길 너머 남과 북의 초소에 서쪽으로 넘어가는 태양이 노란 빛을 드리운다.

김종삼 시인이 쓴 〈민간인〉은 1947년 황해도 해주의 바다에서 깊은 밤 조각배로 월남하던 중 한 아기가 울음을 터뜨리자 들키지 않기 위해 아기가 바다로 던져진 이야기로 출발한다. 스무 몇 해가 흘렀어도 그 아이의 시신을 찾지 못했다. 김종삼 시인은 살아남은 자가 되어 스무 몇 해가 흐른 후 안타까웠던 한 사건을 회고하며 이 시를 썼다.

평화의 종이 울리고, 이 지긋지긋한 분단이 끝나는 날을 맞이하고 싶다.

남한 초소 사이 멀리 보이는 북한지역과 초소

철원 노동당사

평화의 종